願いに生きる

坂村真民　魂の講話

坂村真民

致知出版社

坂村真民　魂の講話　願いに生きる＊目次

第一章　生かされて生きる
衆生無辺誓願度の仏心を開く　6
「大宇宙大和楽」の真言　23
年を取ることのむずかしさ　38
第二章　本当に偉い人
敬愛する森信三先生と鍵山秀三郎先生　54
「愛」を育む無二的人間　67
歴史とマザー・テレサ　80
第三章　宇宙のまなざし

宇宙のまなざしと大宇宙大和楽 90
願を持って生きる 106
日日に新たに、又日に新たなり 120

第四章　念ずれば花ひらく

「念ずれば花ひらく」の真言 130
仏教と縁 139
運を呼び込む極意 143

あとがき（坂村真民記念館館長・西澤孝一） 159

装幀――フロッグキングスタジオ
書提供――坂村真民記念館
編集協力――川上清市
柏木孝之

第一章

生かされて生きる

衆生無辺誓願度の仏心を開く

◆生きるものすべてに慈悲の心を

お釈迦様の教えに「四弘誓願《しぐせいがん》」があります。四弘誓願とは、菩薩《ぼさつ》が修行に入る前にする四つの基本的な誓いです。その四つとは、「衆生無辺誓願度《しゅじょうむへんせいがんど》」「煩悩無尽誓願断《ぼんのうむじんせいがんだん》」「法門無量誓願学《ほうもんむりょうせいがんがく》」「仏道無上誓願成《ぶつどうむじょうせいがんじょう》」で、禅宗（臨済宗・曹洞宗）の誓願です。

第一の誓願「衆生無辺誓願度」の衆生とは、生きとし生けるものすべて、という意味であり、「無辺」とは広大で果てしないこと。「度」とは、悟りの彼岸《ひがん》に渡ること、菩薩が苦海にある衆生を救いだして涅槃《ねはん》に渡らせるなどといった意味があります。

ですから、衆生無辺誓願度は「多くの人が幸せになれるように精進します」という誓いです。

この世の中には、迷い、苦しみ、困って、助けを必要としている人がたくさん存在しています。それは人間だけに限りません。動物、植物など生きとし生けるものすべてが対象です。その生きとし生けるものすべてに対して、つねに慈悲の心で、救いの手を差しのべる。そうした心がけを持って行動しなければならないという誓いなのです。

命を持っているのは人間だけではありません。どんな虫であっても命を持って生きています。生きとし生けるものすべてに対して、救いの手を差しのべるという慈悲の心。それが理解できないと、衆生無辺誓願度という仏教の良さはわからないでしょう。

私は十代の終わりごろから詩や歌を作ってきました。それは詩人や歌人になるためではありません。なんとかして自分の花を咲かせたい。さかむら・しんみんという花を咲かせたいと思ったからです。

私の詩に、コオロギについて触れたものがあります。

二度とない人生だから
一匹のこおろぎでも
ふみころさないように
こころしてゆこう
どんなにか
よろこぶことだろう

ある人は、「コオロギは野菜の根をちぎってしまうから、農薬を撒《ま》いて殺してしまおう」と怒り心頭《しんとう》でした。コオロギは野菜の敵だからというのです。

でも私は、そこまでしなくても、と思います。野菜を少し食べてしまったからといって、農薬を撒いて殺してしまおうというのは、どうみてもいき過ぎです。コオロギも生きているのですから、野菜を食べることもあるでしょう。

しかし、それもわずかな量です。目くじらを立てるほどのことはありません。コオロギは心地よく鳴いてくれます。少しの寒さにも耐えて、「しんみんさん、私はまだ生きていますよ。寒いなんていっていてはだめですよ」と私を励ましてくれます。だから、「ありがとう、ありがとう」といいながら、私は近くの重信川の橋を渡っています。

生きとし生けるもの、そのすべてが衆生なのです。土の中にいるミミズも生命を持って生きています。ミミズも最近はあまり見かけないようになってしまいました。あらゆるところを舗装したからだといっても過言ではありません。

ミミズは土を食べて、栄養価のある土を排出します。この地球上からミミズがいなくなってしまったら、この地球の土は死んでしまうといわれるほどです。ミミズがいないような家庭菜園では、美味しい野菜は育ちません。本当の野菜の味は、ミミズがいる土だからこそ引き出されるのです。
コオロギでもミミズでも、生きとし生けるものすべてに慈悲の心で救いの手を差しのべる。それが衆生の持つ意味であり、仏道の教えなのです。

◆男女を問わない仏道極妙の法則

曹洞宗には『修証義《しゅしょうぎ》』という名の経典があります。永平寺を開山した道元《どうげん》禅師が著した『正法眼蔵《しょうぼうげんぞう》』から、比較的平易な語句を選び出して再編成された経典です。その中に、こんな文言があります。

「菩提心を発《おこ》すというは、己に未だ度《わた》らざる前に一切衆生を度さんと発願し営むなり、設《たと》い在家にもあれ、設い出家にもあれ、或いは天上にもあれ、或いは人間にもあれ、苦にありというとも楽にありというとも、早く自未得度先度佗《じみとくどせんどた》の心を発すべし」

今の言葉に訳せば、次のような意味になります。

「仏道に入る、つまり仏の道を歩いていこうとすることは、自分の幸せよりも周囲の幸せを考える生き方を志すことでもある。在家の人であろうと、出家して僧侶となった者であろうと、どのような環境、境遇にあっても、自分の幸せよりも人の幸せを願うような心を持って生きていきなさい」

自分の幸せよりも人の幸せを願う。まず人を救ってあげる。菩提心《ぼだいしん》とは、生きとし生けるものすべてを幸せにしてあげようという慈悲の心です。

得度とは、仏門に入って戒めを受けることをいいますが、たとえ悟りを開いていなくても、まずは人を救い、虫でも鳥でも生きとし生けるものすべての幸せを願う心を持ちなさいという意味なのです。

『修証義』にはまた、次のような文言もあります。

「其の形　陋《いや》しというも、此の心を発せば、已に一切衆生の導師なり、設い七歳の女流なりとも即ち四衆の導師なり、衆生の慈父なり、男女を論ずること勿《なか》れ、此れ仏道極妙の法則なり」

これは、とても意味の深い言葉です。どのような容姿や年齢であっても、仏の道を歩く者は人々を導く師である。小さな女の子が不意に発した何気ない一言に気づかされ、頭の下がる思いをすることもあるだろう。正しい言葉は、誰がいったかにかかわらず、人を導く力を備えている。年齢や性別は問題ではない。真実の前に人はみな平等であるというのは、仏道のすぐれた知見の一つである。

こんなふうに訳すことができます。まだ悟りを得ていない、一歳の女の子であっても、七歳の女の子であっても人々を導くりっぱな先生である。男女を論ずることなかれ、男女の区別はない。それが仏道極妙の法則なのだと教えているのです。

◆七歳の童女も一切衆生の導師

私は『詩国』という小さい念願詩誌を、毎月日本国中にタンポポの種のように飛ばしています。私が詩を書き、詩の中で願っているのは、人間らしく生きることです。人間として生き延びることです。そういう力を持ってもらいたいのです。

生きとし生けるものはすべて本能的に、この生きようとする力を持っています。どんな虫でも微生物でもこの生存本能を持っています。それを大事にしてほしいと願っています。

何事をするにもいちばん大事なのは発願《ほつがん》です。道元禅師も「発願利生」ということをいっておられます。利生とは、衆生を度し、衆生を利益するということです。道元禅師は、こうもいっています。「自未得度、先度佗」（自分はまだ得度しなくても、まず他の人を度す）の心を発したら、七歳の童女でも一切衆生の導師だと称賛しておられるのです。

私はよく、清家直子《せいけなおこ》さんという方の話をします。全身関節炎で十年以上も寝たきりの女性ですが、目の見えない人のため点字本を作ろうと思い立ち、右指に鉄筆を括りつけてもらって一点一点押し、百冊を超える点字本を作り上げました。百を超す私の詩も点訳してくれています。こういう人も私は一切衆生の導師だと称賛したいと思っています。

その清家直子さんのことを詠った私の詩に、「なにかわたしにでもできることはないか」があります。

なにかわたしにでも
できることはないか

〝なにかわたしにでも
できることはないか〟

清家直子さんは
ある日考えた

彼女は全身関節炎で

もう十年以上寝たきり
医者からも見放され
自分も自分を見捨てていた
その清家さんが
ある日ふと
そう考えたのである

彼女は天啓のように
点字のことを思いつき
新聞社に問うてみた
新聞社からわたしの名を知らされ
それから交友が始まった

彼女は左手の親指が少しきくだけ
そこで点筆をくくりつけてもらい
一点一点打っていった

それから人差指が少しきき出し
右手の指もいくらかづつ動くようになり
くくりつけなくても字が書けるようになり
一冊一冊と点訳書ができあがり
今では百冊を越える立派な点字本が
光を失つた人たちに光を与えている

〝なにかわたしにでも
できることはないか〟
みんながそう考えたら
きつと何かが与えられ
必ずひろい世界がひらけてくる
年中光の射さない部屋に
一人寝ていた彼女に
手紙がくるようになり
訪ねてくる人ができ

寝返りさえできなかつたのに
ベッドに起きあがれるようになり
あつたかい日はころころころがって
座敷まで出ることができるようになり
ある日わたしが訪ねた折などは
日の当るところでお母さんに
髪を洗つてもらっていた

どんな小さなことでもいい
〝なにかじぶんにでも
できることはないか〟と
一億の人がみなそう考え
十億の人がみなそう思い奉仕をしたら
地球はもつともつと美しくなるだろう
片隅に光る清家直子さん！

どうか小さい願心でもいい。人それぞれ何かの発願心を持って、二度とない人生を意義あるよう生きていきたいものです。

◆大切なのは「度」であり、渡すこと

私は毎日、未明混沌の刻に起床し、野鳥が目覚める時刻に、大地に立って暁天《ぎょうてん》の祈願をし、五時になると近くの一級河川、重信川の長い橋（重信橋）を渡り、向こう岸の川土手で明星礼拝を続け、夜明けの霊気霊光を吸引し続けています。

誓願度

彼岸に行きつくために
毎暁重信橋を渡る
ああ三十有余年
一万回を越えた
ぎゃてい（往き）
ぎゃてい（往き）

はらぎゃてい（彼岸に往き）
はらそうぎゃてい（彼岸に往きついた）
衆生は無辺にして
誓願度の至難さよ

橋を渡る意義

わたしが毎暁
重信橋を渡り
彼岸の川原で
祈るのは
橋は人を渡すから
わたしも一人でもいい
苦しみ悩む人を
苦しまない処に
渡してやりたいからであり

別の世界があることを
知らせてやりたいからである

度

大切なのは
度《ど》
渡すこと
この一字のために
毎晩
重信橋を往復すること
二万回を
はるかに越えた
知っているのは
橋梁《はしげた》に棲む
鳩たち

重信橋を渡って、私は「たくさんの人が幸せになれるよう精進します」と誓っています。衆生無辺誓願度の誓いです。「度」とは、悟りの彼岸に渡ることであり、菩薩が苦海にある衆生を済《すく》い出して涅槃に度らせること。「度す」ということが、どんなに大事なことなのか。道元禅師は、その心を持つことが重要なのだと語っています。

◆煩悩を断つのはむずかしい

冒頭でもお話しした、四弘誓願の第一は「衆生無辺誓願度」ですが、第二の誓願の「煩悩無尽誓願断」とは、「尽きることのない煩悩をなくすよう精進します」という誓いです。

私たちは、もっとお金が欲しい、仕事を怠けたい、異性と遊びたいなど尽きることのない煩悩を持っています。これらの煩悩を断ち、正しい生活ができるように、つねに精進努力します、という「自利」の誓いです。自利とは、自身の悟りを求めることをいいます。煩悩は行動の源になるものでもあり、煩悩はコントロールすることが必要です。

隣の奥さんと駆け落ちして結婚してしまった。そんな話をよく耳にします。これも人間だから仕方がないことです。私には到底できることではありませんが、人間の煩悩は尽きることがありません。

四弘誓願の第三は、「法門無量誓願学」。これは、「壮大なお釈迦様の教えをすべて学ぶよう精進します」という誓いです。

仏教の教えは尽きないほどたくさんあります。これを学ぶことは簡単なことではありませんが、これらの教えを学び、実践するように心がけます、という自利の誓いです。

第四の「仏道無上誓願成」とは、「この上もない仏の悟りを成し遂げたいという気持ちを持ち続けることを誓います」という自利の誓いです。

悟りを得るためには、まず煩悩を断ち、多くの仏教の教えを学ばなければなりません。仏教では特に悟りを得たいという気持ちを持ち続けて精進すること。これが大切なのだと教えています。

煩悩を断とうと精進努力することが必要だといっても、これがなかなか、むずかしい。だから、「衆生無辺誓願度」という誓いだけでもいいから大事にしたい。これが私の願いです。

◆「二度とない人生だから」

私の詩に「二度とない人生だから」という七節の詩があります。

二度とない人生だから
一輪の花にも
無限の愛を
そそいでゆこう
一羽の鳥の声にも
無心の耳を
かたむけてゆこう

これはその一節ですが、ある日、兵庫県の保育園の保育士さんが六人やってこられました。どうして来られたかといいますと、そこの保育園には三歳児がおります。その三歳児に私の「二度とない人生だから」を教えているというのです。

ある日、一人の母親が保育園からの帰途、子どもと手をつなぎ帰る道すがら、突然三歳の子どもに、「二度とない人生だから」という七節の詩を聞かされたそうです。

お母さんは最初のお子さんですから、二十七歳ぐらいになっていたことでしょう。そのお母さんはびっくりしたそうです。

自分は家庭で人生は二度とないなどということを聞いたことがない。学校でも教えてもらったことがない。ところが、自分のお腹を痛めた三歳の子に人生の尊さを教えてもらった。「二度とない人生だから」という詩を朗々と聞かされ、そんな嬉しいことがあったので、そのことをお伝えしに保育園にまいりましたといわれたそうです。

私はＮＨＫの「人生読本」という番組でそのことを話しましたところ、全国の保育園や幼稚園から手紙が寄せられました。「私のところでも唱和することにしました」と大きな反響となりました。これを聞いて、本当に詩を書いてきてよかったなと思ったものです。

詩を聞いて育った子は、きっと健全に成長することでしょう。詩の意味がわかる、わからないは問題ではありません。万物を大事にしようという心を育むこと、これも衆生無辺誓願度の一つです。人に幸せをもたらす重要な教え、それが衆生無辺誓願度といえるのです。

（平成十一年一月十日）

「大宇宙大和楽」の真言

◆大宇宙の無限の力

この地球という惑星は太陽の周りを回っています。この惑星が、宇宙にはどのくらいあるかというと約百億兆という、それこそ天文学的な数字です。百億兆を超す惑星の一つがこの地球です。

天文学者がいうように、地球は巨人の手の平の芥子粒ほどのものにすぎません。地球は毎日回転し、太陽の周りを三百六十五日かけて一周しています。地球と同じように、百億兆もの惑星を動かしているのが、大宇宙の無限の力です。

この大宇宙の無限の力には、心があり、大念願を持っています。それが大和楽という私が到達した一つの世界です。母なるこの地球は、宇宙の意思で動いています。「大宇宙の大念願は大和楽である」という祈りの到達点であり、究極地が「大宇宙大和楽」なのです。

ですから、この大宇宙の無限の力、エネルギーを自分の身体の中に取り込むことで、患っている病気を治癒することができ、快方に向かいます。どんな災害に遭っても意気消沈せずに、生きる力、前進する力を得ることができるのです。私はそう信じています。

連詩　大宇宙大和楽

1

二つのものが一つになり
そこに生命が生まれ
無数の小宇宙が誕生し
生成する
空は茜《あかね》
喜びの雲が飛ぶ

2

無限不可思議な力が
粒子となって
絶えず流れ

特に寅の一刻では
霊性を持ったものが
稲妻のように
全宇宙を駆けめぐる

3

十億兆の母太陽があり
百億兆の惑星があり
これらすべてが
整然と運行し
何の乱れもない
何というすばらしさか

4

一輪の花
一羽の鳥
すべては大宇宙の分身
むろんわれらの体も然り

故に釈迦牟尼世尊も言い給う
天上天下唯我独尊と

5

光があり
闇があり
陰があり
陽があり
この世があり
あの世があり
苦があり
楽があり
このように相対のなかに
調和があり
秩序があり
宇宙生成の原理がある
それを知らねばならぬ

◆自身の身体は大宇宙の縮図

大宇宙には、百億兆もの惑星を動かすエネルギーがあり、その中の一つがこの地球です。その地球は自転し、太陽の周りを公転しています。その力を自分自身の身体に受け取ることが大宇宙大和楽の真髄であり、真言です。

私たちは六十兆もの細胞で身体を構成しています。身体を動かしているこの細胞は、一瞬一瞬変化しています。百億兆もの惑星を動かしている大宇宙と同様、私たちの身体は大宇宙の縮図でもあるのです。

前述した「連詩　『大宇宙大和楽』」の中で、

「すべては大宇宙の分身
むろんわれらの体も然り
故に釈迦牟尼世尊も言い給う
天上天下唯我独尊と」

と表現していますが、六十兆もの細胞を持つ私たちの身体はただ一つの存在でもあります。百億超もの惑星の中の一つがこの地球です。ですから、大宇宙の縮図でもある自分自身の身体を大事にしなければなりません。真理はこの身体の中に宿るのですから。

◆自灯明と法灯明の教え

「自灯明《じとうみょう》・法灯明《ほうとうみょう》」という言葉があります。仏陀が亡くなる前に弟子たちに残した禅語です。「他者に頼らず、自分を拠りどころとし、法をよりどころとして生きなさい」という意味に解釈することができます。

「自灯明」は、本当に自分を支えることができるのは自分だけ、「法灯明」は、本当に正しいことを頼りとしなさいと解釈することもできるでしょう。自分自身を頼りとして生きていきなさいという教えなのですが、自灯明には、自分自身を灯火として、この先の見えない暗闇のような人生を歩いていきなさいという意味があります。

ふいに停電した夜に灯す懐中電灯の明かりのように、頼るものが何もない場所でも、自分を頼りとすることで自分自身が懐中電灯の明かりになることができる。もし自分以外の誰かを灯火として、誰かに前を照らしてもらって生きていたのでは、その前に誰かがいなくなって明かりが消えたとき、人は真っ暗闇の中でさまようことになってしまう。

それは生き方として辛く、危ういものになる。だから、他によりかかるような生き方はするべきではない。自灯明は、それを指摘しているのです。

これからの人間たちへ

1

大宇宙は
物ではない
心を持った
愛と平和の
偉大な生命体である
そのことを知らねばならぬ

2

すべてを
宇宙的視野に立って見
そして考え
それを

実践してゆかねばならぬ

3

大宇宙の
無限の力を知り
ゆるぎない信仰を
身につけねばならぬ

4

そのためには
気海丹田
つまり臍《へそ》下に
宇宙の大気を
蓄えねばならぬ

5

そしてつねに
次の真言を念唱し
大宇宙に

感謝しなければならぬ
大宇宙の
大念願は
大和楽である
大宇宙
大和楽
アーウン　アーウン　アーウン
アーウン　アーウン　アーウン
アーウン　アーウン　アーウン

◆大宇宙の大念願は大和楽

自分自身を頼りにするには、自分自身の身体を労わり、大事にしなければなりません。大宇宙の縮図である自分自身の身体を大事にすることで、大宇宙の無限の力を取り込むことができるのです。

大宇宙の大念願は、すべてが大和楽の世界です。たとえ震災や深刻な病気になったとしても、大宇宙の力でそれを克服し、和やかに生きていくことができる。世のため、人のために何ができるかを考えて生きていく。これが私の生き方にもなっています。

新二度とない
人生だから

二度とない人生だから
一日でも長く生きて
世のため
人のために
何かをしよう

二度とない人生だから
母なる地球を
優れた星にするために
大宇宙大和楽の真言を
一ぺんでも多く唱えよう

二度とない人生だから
前向きに生きて
心眼を開き
感謝と喜びに燃えよう

二度とない人生だから
宇宙無限の気を
吸引摂取して
悔いの無い人生を
送ってゆこう

二度とない人生だから
日本民族の使命を知り
信仰と希望と愛に生きよう

二度とない人生だから
一つのものを求め続け
一念不動
花を咲かせ
実を結ばせ
自分の夢を成就しよう

二度とない人生だから
鳥たちのように
国境のない世界を目指し
共存共栄の
地球造りをしよう

二度とない人生だから
華厳のお経が説くように
すべては心の置き処

気海丹田
ここで心を練り
ここで呼吸をしてゆこう

念唱

大宇宙の
大念願は
大和楽である

大宇宙
大和楽

アーウン
アーウン
アーウン

アーウン
アーウン
アーウン

疑いなし

大宇宙の
大念願は
大和楽である
だから
大宇宙大和楽
と唱えれば
喜び給うて
お守りお救い
くださること

日月のごとく
明らかにして
疑いなし

（平成七年三月五日）

年を取ることのむずかしさ

◆フレデリック・アミエルの達観

私がしみじみと思うのは、年を取ることのむずかしさです。十九世紀のジュネーブに生まれたスイスの哲学者で詩人、批評家のアンリ・フレデリック・アミエルは、「いかに老年に成長するかを知ることは英知の傑作であり、生活の技術における最もむずかしい部分のひとつである」という名言を残しています。

アミエルの死後、三十年以上にわたる日記が『アミエルの日記』として出版され、その中に出てくる言葉です。平易に解釈すれば、「年を取ることは死ぬことよりもむずかしい」と表現しているのです。

アミエルは六十歳で亡くなりました。この言葉を残したのは、アミエルが三十九歳のときでした。確かに、「年を取ることは死ぬことよりもむずかしい」ものです。それだけにアミエルの偉さ、凄さを感じています。

日本人の平均寿命は男女とも長くなる一方ですが、果たしてどれだけの人が生きがいを持っているのでしょうか。多くの人が酔生夢死ともいえる晩年を過ごしているのではないかとさえ思ってしまいます。

『奥の細道』や『野ざらし紀行』などの紀行文を残した江戸前期の俳人、松尾芭蕉《ばしょう》は旅先の大阪で病没しています。五十一歳でした。永遠の生命をわずか十七文字の句の中に残して亡くなっています。

五十一歳とはいえ、完全燃焼してこの世を去ったのです。「芭蕉の以前に芭蕉なし。芭蕉以後に芭蕉なし」といわれるのも、芭蕉の並外れた生き方に対する尊敬の念があるからでしょう。

◆毛沢東、ナポレオン、豊臣秀吉の晩年

中国共産党の指導者で、文化大革命の先頭に立った毛沢東も「凄い」の一言に尽きる人物でした。下層中農の子に生まれた毛沢東は、この広い中国に飢えで苦しむ子どもがいないようにというスローガンを掲げて立ち上がるのです。

そして、毛沢東は農民を兵隊にし、中国工農紅軍を組織化して農村の土地革命などを進めました。一九四九年十月には、中華人民共和国が成立しますが、成立と同時に中央人民政府主席に選ばれ、名実ともに中国の最高指導者となりました。

しかし、晩年になって文化大革命という名のもとに、文化財を破壊し、書物を廃棄

してしまったのです。寺院もすべて破壊されました。長い中国の歴史の中で、徹底的に破壊したというのは初めてのことでしょう。

中国の革命を成し遂げた人物が、なぜ文化大革命のような破壊活動を主導したのか不思議でなりません。なぜ、あのような訳のわからないことをしたのでしょうか。これも、年を取ることのむずかしさを端的に示しています。

「余の辞書に不可能の文字はない」と豪語したナポレオンもまた、晩年は不遇な人生を歩んでいます。コルシカ島に生まれたナポレオンは、砲兵将校としてフランス革命に参加しました。イタリア派遣軍司令官として勝利を得、一八〇四年には皇帝となっています。

その後、ナポレオンはヨーロッパを征服したものの、対英封鎖やロシア遠征にも失敗し、一八一四年に退位してエルバ島に流されます。翌年帰国し、皇帝に復したナポレオンでしたが、ワーテルローの戦いに敗れ、セントヘレナ島に流されて没したのです。

ナポレオンはナポレオン法典の編纂や教育制度の設立など近代化に功績を残した人物です。にもかかわらず、晩年は不幸な生活を余儀なくされてしまった。年を取ることのむずかしさです。

安土桃山時代の武将、豊臣秀吉も晩年は狂気に満ちた蛮行をしながら死んでいます。秀吉は織田信長の足軽、木下弥右衛門の子、木下藤吉郎として生まれ、信長に仕えて次第に重用されるようになりました。

本能寺の変後には明智光秀や柴田勝家を倒し、信長の地位を獲得。やがて、太政大臣となり豊臣の姓を賜ったのです。太閤検地の施行や刀狩りなどの画期的な新政策で近代封建社会の基礎を確立したことでも名を馳せています。

秀吉は甥の秀次に家督相続の養子として関白職を譲ったのですが、秀次は謀反の疑いをかけられ切腹しています。秀次の首は三条河原に晒《さら》され、その塚の前で遺児（四男一女）や側室・侍女ら三十人近くが処刑されたのです。

秀吉は秀次一族を抹殺したともいえるでしょう。足軽の子から関白、太政大臣まで上り詰めた秀吉の晩年は、とても称賛するべきものではありません。

◆年を取るのは無限の世界

どのように年を取っていくかは、自らが決めなければならないことです。自らの意思、計画、理想、理念を明確にしておけば、本当にいい晩年を送ることができるのではないかと思っています。

私の詩に「延命の願《がん》」というのがあります。

延命の願

わたしは延命の願《がん》をしました
まず初めは啄木《たくぼく》の年を越えることでした
それを越えることができた時
第二の願をしました
それは子規《しき》の年を越えることでした
それを越えた時
第三の願をしました
お父さん
あなたの年齢を越えることでした
それはわたしの必死の願いでした
ところがそれも越えることができたのです
では第四の願は？

それはお母さん
あなたのお年に達することです
もしそれも越えることができたら
最後の願をしたいのです
それは世尊と同じ齢《よわい》まで生きたいことです
これ以上は決して願はかけませんから
お守りください

という詩です。

石川啄木は二十七、正岡子規は三十五、私の父は四十一、母は七十二、世尊は八十で亡くなりました。

生まれたときから身体の弱かった私が父の齢を超えることができたとき、もっと生きよう、もっと生きたいという思いが強くなりました。お釈迦様（世尊）は八十歳で亡くなりましたから、八十まで生きよう、それを超えてゲーテは八十三歳で亡くなったから、ゲーテの年までは生きようと思ったのです。

ゲーテの八十三も超えて、あとは余生だと思っていますが、私は身体が弱かったために若いときから区切りを付けて生きてきました。しかし、八十三の齢を超えて年を取ることのむずかしさを実感しています。年を取ることがどれだけむずかしいことか、それをしみじみ感じています。

年を取るということは無限の世界。これでいいというものがないからむずかしいのかもしれません。日本は世界一、二を争う長寿国となり、晩年がこれから徐々に長くなっていきます。その晩年をどのように生きるかを真剣に考えなければならなくなっているのです。

◆老いゆけよ、我と共に！

とても含蓄《がんちく》に富んだ、一冊のすばらしい本を紹介しましょう。ロバート・ブラウニング著の『老いゆけよ、我と共に』という本です。ラビ・ベン・エズラというスペイン生まれの聖書学者が注釈し、原始福音運動を提唱した手島郁郎《てしまいくろう》先生が講釈したものです。その書の最初にこうあります。

老いゆけよ、我と共に！
最善は　これからだ。

人生の最後、そのために最初も造られたのだ。
我らの時は　聖手《みて》の中にあり
神言い給う「全てを私が計画した。
青年はただ　その半ばを示すのみ。
神に委ねよ。全てを見よ　しかして恐れるな！」と。

この「最善はこれからだ」について、手島先生は次のように解釈しています。

ベン・エズラは第一声で、「老いゆけよ、我と共に！」と命令形で呼びかけております。それは、青年や後輩たちに対して、「私と一緒にどこまでも人生を歩いてみるんだぞ。そうでなければ、私がいうことはわからないぞ」というわけです。

普通、誰でも年を取ることを嫌うものです。私の同輩の連中を見ますと、定年退職して、その後、小さな会社に勤めて昔のような威勢の良さがありません。そして、やあ、お互い年取ったなあといって、ため息をついています。

私と全く違います。私も五十代のときと違って、自分の身体がいろいろぎこちなくなって、死ぬときが近づいたという意識が絶えず離れないのですが、「この世を去るときに、りっぱに去っていこう。すべきことはしておこう。神様、教えてください」という気持ちでおります。死とか老人になることについて、私はいささかの不安もありません。

また、女の人と話をしても、「お若いですね」というと、お年寄りでも喜びます。

おかしなことです。本当は、「何とりっぱなおばあさんでしょう」といわれるのを喜ぶべきですが、それを嫌います。

「まだ若々しくありたい」というのは、老人になりたくないんでしょう。なぜ、なりたくないのか。しかし、ベン・エズラは、一緒に年取っていこうという。だから、老人になりたくないという考え方では、『聖書』はわかりません。

◆霊魂は永遠という思想

手島先生の解釈はさらに続きます。

例えば、詩篇にも、「神は長寿を与えて、私を祝福してくださる」などという句があります。ヨブでも、最後に病気が癒やされて生き返り、長生きした。モーセは、八十歳になって献身し、出エジプトの大業を果たして、百二十歳のときにピスガの峰で死んでいった。

そのとき、目はかすまず、気力は衰えず、ハッキリした意識であったという。こういうことは、人間誰でも不老長寿を願う思想の表れだ、というでしょう。しかし、そうではありません。

ブラウニングがこの詩を通していおうとするところは、違います。人間は誰しも年を取って、肉体は衰える。けれども霊魂は、日増しに成長していくものだ。だから、地上で霊魂を成長するだけ成長させてから、次の世界に行かなければならない。

霊魂は、永遠の生命を求めて老いることを知らないのである。死に直面した危険なときにも怯《ひる》まずに進めば、霊魂というものは目覚めてくるのだ。こういう思想が、ブラウニングの根底にあります。

ですから、ここで霊肉二元の思想があることを、根底に置いておかないと、この詩の意味をずっと読み抜いていけないと思います。

「最善はこれからだ」は、自分は年を取ったとか、自分はダメだというのではなく、老いを充実させていこうという詩です。しかし、どれだけの人がこうした願いや祈りを持ちながら生きているでしょうか。

◆すべてを見よ、我と共に、しかして恐れるな！

『老いゆけよ、我と共に』によると、ラビ・ベン・エズラはスペイン生まれのユダヤ人で、まだローマ・カトリック全盛の中世期、十字軍を盛んに繰り出していたころの人物です。彼は当時、第一の思想家であり、天文学者、哲学者、医学者であり、優れた詩人でもありました。とくに文法学者、聖書学者として、その名が知られています。

ユダヤ民族にとって暗黒の時代、離散したユダヤ人が小さくなって生きていたときに、早くも目覚めて、真のヘブライズム―旧約聖書の信仰―は、〝こうだ！〟と叫び出したのがベン・エズラだったのです。

そのために、スペインで迫害があって追われた彼は、イタリアに逃れ、パレスチナを通ってペルシャ、インドまでも旅行し、つぶさに世界の各地を見たのでした。

彼が生国を追われたのは、五十歳のとき。普通の人なら、そろそろ定年も近くなった。家でのんびりして暮らそうなどと考えがちです。しかし、彼は違います。「今からだ！　五十になったが、これからだ！」といって立ち上がったのです。

そして、世界各地を見聞し、またヨーロッパもイギリス、フランス、イタリアなど次々と見て回りました。世界中を見て回ったうえで何が本当かを知ったのです。さらに、世界の各地に散り散りとなって暮らすユダヤ人たちを励ましています。その当時の、しかも五十を過ぎてからの流浪ですから、さぞ大変だったろうと思います。

それでも、「全てを見よ、しかして恐れるな！」なのです。もちろん、すべてを見るならば、何も恐れることはないという意味ですが、この気概、信仰こそが私たちに求められているのです。

◆尊い晩年を美しく生きる

もっとも美しかった母

もっとも美しかった母の
その姿がいまもなお消えず
わたしの胸のなかで匂《にお》うている
きょうはわたしの誕生日
わたしに乳を飲ませて下さった最初の日
わたしはいつもより早く起きて母を思い

大地に立って母の眠りいます
西方九州の空を拝み
満天の星を仰いだ
その日もきっとこんなに美しい
星空だったにちがいない

（後略）

私の母は七十三歳で亡くなりました。私が今日生きているのは、その母の念力のおかげだと思っています。母の形見はハサミだけになってしまいましたが、私はそのハサミを大事にしています。

母が使っていたハサミで爪を切っていると、母の霊魂は生き生きとして未だに私を守ってくれているんだと実感します。「霊魂は、永遠の生命を求めて老いることを知らないのである」と手島先生が解釈しているように、人は死んでかたちはなくなっても魂は永遠に生きているのです。

私たちは、長い晩年を霊魂が永遠に活きるような生き方、霊魂を永遠に活かすような生き方をしなければならない。ブラウニングの詩は、そのことをいっているのだと思います。

晩年を美しく生きることは死ぬことよりもむずかしい。長寿命化で病気になることも増えるでしょうから、美しく生きるというのは確かにむずかしいことです。それでも晩年というのは、本当に尊いものであります。生かされて生きるこの身に感謝しながら生きていきたいと思っています。

（平成四年七月五日）

四弘誓願
衆生無辺誓願度
煩悩無尽誓願断
法門無量誓願学
仏道無上誓願成

第二章

本当に偉い人

敬愛する森信三先生と鍵山秀三郎先生

◆逆境は神の恩寵的試練なり

私が敬愛し、尊敬する二人の偉大な人物を紹介しましょう。一人は教育者の森信三先生であり、もう一人は実業家の鍵山秀三郎《ひでさぶろう》先生です。

森先生は、明治二十九年九月に愛知県知多郡武豊町に生まれました。半田小学校高等科を経て、名古屋第一師範に入学。その後、広島高師から京都大学哲学科に進学され、大学院を経て天王寺師範の専任教諭になっています。

のちに旧満州の建国大学教授に赴任され、敗戦で引き揚げてこられてからは神戸大学教育学部教授に就任。六十五歳で退官されましたが、七十歳となってから海星女子学院大学教授にも迎えられています。教授生活は、じつに四十四年の長きにわたっています。

教育哲学者という評価もさることながら、国民教育者の導師とも師父とも讃えられるべき人物です。なぜなら、一代を賭けてくまなく全国を行脚し、数多くの国民教育者に、細大漏らさぬ指導と感化を与えられたからです。

その森先生に私が初めてお会いしたのは、愛媛県の宇和島でした。森先生にお会いしなければ、私の「二度とない人生だから」という詩は生まれなかったことでしょう。先生の根本信条は、「人生二度なし」。この六文字の一句をすべての中心に据え、哲学も教育も宗教も説き下されています。この「人生二度なし」は、森先生にとって、南無阿弥陀仏の六字の名号に相当するものです。

先生はこんな言葉を残しています。

「信」とは、人生のいかなる逆境をも、神仏からわが為に与えられたものとして、回避しない「生」の根本態度をいう。

先生の名言の一つとして、「逆境は神の恩寵《おんちょう》的試練なり」というものがありますが、これを解説した言葉ともいえます。人は与えられた人生を生きていく途上で大なり小なり、思わぬ逆境に遭遇《そうぐう》するものです。その逆境は神が与えてくださった恵みであり、真摯に向き合うことが重要だと説いているのです。

俗言《ぞくげん》に、「いつまでもあると思うな親と金、ないと思うな運と災難」とあります。

バブルの崩壊で、一夜にして一家離散という憂き目に遭われた方もいれば、大震災で家をなくしてしまったという人も少なくありません。

そうした逆境遭遇の当初はともかくとして、歳月の経過と共にその恩寵的意味を噛《か》みしめ、味わえるときが必ずやってくるものです。逆境こそ、人生を強く生きるバネにしてほしいものです。

◆篤い詩心と情念を持つ

森先生とあるとき、私が吹いている石笛の話をしたことがあります。興味を示されたのでしょう、先生は私に「ぜひ石笛の音色を聞かせてください」というのです。「それでしたら、昼よりは夜がいいですね」と私が話すと、「では、泊めていただけますか」と真剣なまなざしでした。

後日、先生が四国に来られたときに私の家に来ていただき、夜に石笛を吹いてお聞かせしました。先生は、その音色にとても満足そうなご様子でした。石笛にここまで興味を示されたのは、森先生おひとりです。

先生の篤い詩心と情念にも驚かされました。そんなこともあり、ますます敬愛の情が深まったのです。しかし、その先生も九十六歳で黄泉《よみ》へと旅立っていきました。先生との出会いに感謝あるのみです。

森信三先生を悼《いた》む

行年九十六歳

先生は
わたしの石笛を聞くため
多忙の中を来訪され
狭いタンポポ堂に
お泊りになり
まことにありがたい
一夜だった
だからであろう
あの夜の石笛は
よく冴《さ》え
よく響いた

恐らく
月面まで届いたであろう
石笛を吹くたび
思い出すのは
先生の詩心と情念
ことしはとり年
もう一回のとり年を
迎えることができたら
その時わたしは九十六歳
先生のお年になる
先生のおん守りを乞《こ》うや切

◆「凡事徹底」とは何か

鍵山秀三郎先生は、昭和八年に東京に生まれた実業家です。カー用品チェーン「ローヤル」（現・イエローハット）の創業者として知られています。「日本を美しくする会」の相談役を務めるほか、掃除をテーマにした講演や活動なども各地で行っています。

鍵山先生は多くの著書も出していますが、その中に『凡事徹底《ぼんじてってい》』（致知出版社）があります。「凡事徹底」とは何か、それは次のような一文からわかります。少し長いのですが、引用してみましょう。

「私は人が見過ごしたり、見逃したり、見捨てたりしてきたものを徹底して拾い上げ、それを大事にして今日までできました。個人の生活では、履きものを揃えるとか、朝起きたら布団をたたむとか、食事が終わったら食べた器を台所へ運ぶとか、そういうことをきちんとやっております。

また、会社へ来れば徹底して社屋をきれいにし、車をきれいにし、道路を掃いています。それだけでなく、お客さまにものを買っていただいた感謝の恩返しに、温泉に招待するなどということはしませんが、うちの会社の人がお客さまのお店へ行って掃除をして、お店をきれいにしてくるといったことをしております。

個人でもそういうことをきちっとやっておられる家は、奥さんとの仲もいい。日ごろ、ご主人が食べた器を台所へ運んで水を張っておくというようなことをしている家は、その家の中は必ずいい」

私の凡事徹底は、毎朝起きてすぐに足の裏を拝むことです。足の裏には心があるからです。皆さんは、心はどこにあるかわからないでしょう。頭を指して「ここやあ」という。

お釈迦様は、心は足の裏にあるとおっしゃった。足心です。そこから呼吸せよといっています。呼吸というのは口や鼻でするものではない。足の裏の真ん中、土踏まずでするのだと。足で呼吸して背骨を伝って頭部から出るんだというのです。

だから、お釈迦様の足を拝んだのです。仏足石も各地にあります。足の裏が生命の根源なのです。

仏足賛

世尊はインドに行けないわたしのため
重信川においでになり
そこに足跡を残してゆかれた
それがわたしが毎晩拝している

世にも稀な仏足石である
わたしはその石に
額《ひたい》をつけて礼拝し
世尊のおん命《いのち》を拝受する
わたしは足裏の礼賛者
足の裏で呼吸し
足の裏で見
足の裏で考える
ああ美しい世尊の足裏よ
光り輝く仏足の法輪よ

母なるもの

大地といつも接している足の裏
だから母なる大地の心を
一番よく知っているのは

1

尊いのは足の裏である

この足の裏である
わたしの足の裏信仰の根源は
この母なるものからきている
父が早くこの世を去り
母一人に育てられたわたしの体には
母なるものが主体を占め
それがわたしを形づくってきた
世尊は早く母を亡くして
この母なるものを恋い求め
教えを説かれた
ああ仏説八万四千の
母なる大悲よ大慈よ

尊いのは
頭でなく
手でなく
足の裏である

一生人に知られず
一生きたない処と接し
黙々として
その努めを果してゆく
足の裏が教えるもの

しんみんよ
足の裏的な仕事をし
足の裏的な人間になれ

2

頭から

光が出る
まだまだだめ

額から
光が出る
まだまだいかん

足の裏から
光が出る
そのような方こそ
本当に偉い人である

◆トイレ掃除が心を豊かにする

鍵山先生には、名言もあります。その一つが次のような名言です。

「人間の心は、そう簡単に磨けるものではありません。ましてや、心を取り出して磨くことなどということはできません。心を磨くには、とりあえず目の前に見える物を磨き、きれいにすることです。

とくに、人のいやがるトイレをきれいにすると、心も美しくなる。人はいつも見ているものに、心も似てきます」

鍵山先生は、ことのほかトイレ掃除に気を配っています。トイレ掃除については、こんなことも語っています。

「特別なことをするより、当たり前の平凡なことを非凡にするという考えから、少し前向きないい思想がわいてくるんです。掃除をしていて、人をだましてやろうとか、人を陥《おとしい》れてやろうという考えは微塵《みじん》も出てきません。トイレ掃除をしながら、人を恨んだり、憎んだりする人間はいません。

いつも、自分のやり残したこと、あれを忘れていた、これもあった、そういえばあのこともというように、自分の気がつかなかったことに気がついていくという素晴らしい心の動きがあります。ですから、気づく人になるためのいちばんいい方法として掃除を必ずお勧めしています」（『凡事徹底』）

鍵山先生の東京の事務所を訪ねたことがあります。先生は、会社のトイレに私を案内し、「便器の水はとてもきれいで、決して飲めない水ではありません」と話されていたほどです。それだけ、磨き上げているということなのでしょう。

トイレを掃除することで、心も磨く。「凡事徹底」の本質とは何か、その意味を理解した瞬間でもありました。

（平成七年二月五日）

「愛」を育む無二的人間

◆世界的な哲学者の山本空外先生

哲学者で浄土宗の僧侶でもある山本空外《くうがい》先生も私が尊敬してやまないおひとりです。先生は広島市に生まれ、東京大学文学部哲学科を卒業後、旧制山形高等学校教授などを経て、広島文理科大学教授を務めていたときに被爆し出家されています。

アメリカのレーガン大統領が日本へ来られたときに、中曽根総理が差し上げたお土産の一つに、空外先生が焼いた茶碗があります。そんなエピソードを持っておられる方です。

欧米にも学び、英語やフランス語、ドイツ語のほか、ヘブライ語など六カ国語を自由に話されます。ドイツ人にはドイツ語、フランス人にはフランス語、イスラエル人にはヘブライ語で話される。優れた頭脳の持ち主です。聖書も原書で読まれるほどで、レーガン大統領も尊敬している世界的な哲学者なのです。

空外先生は浄土宗の僧侶で、仏教も受け継いでおられます。その先生にお会いしたことがあります。先生は、「今日私があるのは、母が唱えた念仏に支えられているからです」とおっしゃった。

つまり、母親のお腹の中にいるときから、母親が毎日唱えていた念仏を聴かされていた。その念仏のおかげで今日の私が存在するということをいっているのです。空外先生は、父親から「お前は寝ているときに念仏を唱えているなあ」と感心されたそうです。寝ているときの呼吸が、まさに念仏なのだということです。

西洋の哲学や信仰と共に、日本の阿弥陀様の信仰をも深く身体に持っておられる。その空外先生に、私は強く心惹かれるのです。

◆相手に愛を感じる人間

空外先生はよく、「無二《むに》的人間」と説いておられます。二つとない人間、人間というのは二つとないという意味です。空外先生の哲学、宗教の一つの結晶が、この「無二的人間」ではないかと私は思っています。

空外先生の独特の言葉ですから、初めは私も「これはむずかしいなあ」と感じたものです。しかし、空外先生にお会いして、すぐに納得しました。決してむずかしいことをいっているのではないと。

無二的の二とは、自分と相手。その相手が人のときもあり、国のときもあり、また物、道具、機械などのこともあります。その相手を活かし切っていくのは、自分の心の深さによるところが大きい。空外先生は、それを「無二的人間」という言葉で説いているのです。

自分さえよければいいという考え方は、その人が困る結果を自分で招くようなもの。相手を活かしながら自分を全うしていく。つまり、相手を活かして自分の働きも実ることを「無二的」と空外先生はいっています。反対に相手を自分勝手にして、相争い、共倒れになることは極力慎むべきなのです。

空外先生は、「一人ひとりの心が無二的に徹しなければ、平和も言葉のみに終わりましょう。相手を活かすことで、自分の生活を全うできる。無二的人間形成しか、平安に、そして幸せに人間としての生き方を実らす生き方はない」と説いています。

この世の中は、多くの争いごとであふれています。相手を認める、相手を活かすというようなこととは逆の方向にいっています。男と女、頭のいい人と悪い人、学歴のある人ない人、肌の色の白い人と黒い人で区別し、差別もあります。

そうした区別や差別、対立を超えた世界が、無二なのです。心を惑わすものがないから無二の世界に入ることができる。主観、客観という区別を設けないから、そこに新しい世界が生まれてくるのです。

結局、無二的人間とは相手のことを考えることに他なりません。自分と他人、自己と相手というものを考えて、そこを超えた世界で生きる人間であれということ。つまり、相手に愛を感じる人間をいうのです。

無二的人間

無二的人間
これはわたしがもっとも尊敬する
山本空外先生が
作り出された
人間像である
わかりやすく説明すれば
相手に愛を感ずる
人間を言う
書道から説明すれば
紙や筆に愛を感じ

字を書く人間を言う
そういう人間が
原子爆弾を落すだろうか
先生は原爆にやられた人だ
この人間観は
愛の深さから
生まれた言葉だ
先生は百歳まで生きられた
先生がこの世に残された
この人間観を
一人でも多くの人に伝えたい
わたしは先生の最晩年にお会いし
この人間観を体に持ち
「愛」の一字を
大きな色紙に書く

◆対立の世界をなくす

今、あらゆるものが対立の世界に進んでいます。対立からは平和も幸福も生まれないことはいうまでもありません。対立の世界をなくすのが、無二という考え方。主観も客観もない無二の考え方に徹することで、対立をなくすことができると空外先生は説いているのです。

「私の目的は、無二的人間に一人ひとりが一人ひとりなりになってもらわなければということです。そうでないと、この地球がおしまいになるような破壊を防げないのです」。これが空外先生の宇宙観です。

対立と平和

すべては対立している
善と悪
神と悪魔
光と闇
天と地

生と死
男と女
他力自力
数えあげれば
きりがない
山本空外先生は
そうした対立から
無二的人間という
人間観を
樹立された
対立からは
平和も幸福も
生まれてはこない
わたしは華厳経《けごんきょう》から
仏教に入ったが
華厳経は

無差別平等を説き
相手を生かす生き方を説き
先生の説かれる
無二的人間と
同じ行き方である
暗雲よ
一日も早く去れ
日本の国よ民よ
その使命の大きさを知り
二十一世紀を平和で
幸せにしようではないか

◆能取と所取は自分と相手

空外先生は、「無二的人間の無二というその二は、漢訳すると能取と所取ということです」とも話しています。この能取と所取は大変むずかしい表現ですが、その意味について空外先生は次のように説明しています。

「能《よ》く取るとは、主観という意味です。私なら私という意味です。私がこうしてお話をさせていただいているでしょう。それが能取、聞いて下さるみなさんは所取です。所というのは受け身で、取られるところ、客観のことです。相手のことです。簡単にいえば、自分と相手ということです。その二つがバラバラではマイナスです」

能取というのは、知るものであり主観です。所取とは知られる、把握されるものであり、客観です。つまり、主観である自分と、客観である相手ということになります。

空外先生の話を聞いたときに、ある方は「こうであった」と受け取るかもしれません。しかし、他の方はまた違ったように「わかった」といわれるかもしれません。自分のほうが本当で、相手は間違いだと議論をすれば、空外先生の話を聞いたばかりに意見が対立して争うことになってしまいます。

それなら聞かなかったほうがよいくらいですが、お互い同士がケンカをするとマイナスですから、「ああ、そういう受け取り方もありますねえ」といって参考にすればいいだけです。

世の中は自分の思った通りに押し通したのでは通用しません。無駄に軋轢《あつれき》を生じ、対立を招きかねません。そこをお互いが活かしあって、世の中を豊かに幸せにしていこうというのが、空外先生の説く「無二」なのです。

◆全一学と同じ宇宙の哲理

私が尊敬する森信三先生の哲学の結晶は、「全一学」というものです。森先生の世界観と人生観を統一した学問ともいわれています。

空外先生の無二と、森先生の全一は同じ意味として捉えることができます。全一というのは、すべてが一ではなく、二が一になったという意味で、無二と同様、主観も客観もない宇宙の哲理です。宇宙の哲理と人間の生き方を探求する学問が、全一学といわれています。

宇宙には主観も客観もないから対立はない。すべては宇宙の人間である。だから、心を無碍《むげ》にして生きていこう、対立を超えた生き方をしようというのが、森先生の「全一学」です。対立からは平和も幸福も生まれてこないと説く、空外先生の「無二的」と同一の宇宙観に貫かれた思想であるといえるでしょう。

宇宙は

自己をしっかりさせること

自力でも
他力でもない

全一的であり（森信三先生）
無二的である（山本空外先生）

世の中が
どんなに変わろうと
日本が
どんなになろうと
自己をしっかりさせること
不動明王になること
それよりほかに
行く道はない
わたしは九十年
それで生きてきた

頼られるのは自己
不撓不屈《ふとうふくつ》の自己

宇宙の歌声

アーウン
アーウンと
気海丹田に
力を入れて
宇宙の歌声を
唱えてゆこう
幸せのために
平和のために

宇宙の心を
みんなが知って

母なる地球を
良くしてゆこう
（後略）

（平成九年十一月二日）

歴史とマザー・テレサ

◆下に降りてきたマザー・テレサ

歴史

わたしがマザー・テレサを
尊敬するのは
地球上に人間が出現して以来
こんなに下に降りてきた人は
いなかったからである
シュバイツァーも降りてきたが
男だったから
マザー・テレサのように
降りることはできなかった

日本では一遍上人が
一番降りてきたが
これはまだ世に知られていない
すべての川は
下へ下へと流れる
これが歴史である
すべての人よ
このことを知ろう

視力が衰え、目が見えなくなるようになりました。高校の教員をしていたときでしたが、点訳を始めようと、生徒たちを集めて点訳のグループを作りました。最初に手がけたのが、シュバイツァーの本です。フランスに生まれたシュバイツァーは医師として有名ですが、医師になったのは三十代の後半になってからです。ストラスブール大学で神学と哲学を修め、かたわら音楽、ことにバッハの研究に勤しみました。

また、キリストやパウロの神秘主義の研究、さらには独自の生命感を唱え、それぞれの分野で注目を浴びています。シュバイツァーは裕福な家に生まれましたが、やがて苦しんでいる人たちを救おうと心に決め、医学を学んで三十八歳で医師となりました。

そして、シュバイツァーは、「この地球でいちばん苦しんでいるのはアフリカの人々だ」としてアフリカに渡りました。フランス領の赤道直下ガボン共和国で、現地人への伝道と医療に奉仕したのです。その功績から、一九五二年にはノーベル平和賞を受賞しています。

私は当時、シュバイツァー先生がおられるアフリカを思い、地球儀のガボン共和国に赤い印を付け、「先生、どうかいい仕事してください」と願いながら点訳を始めました。

その後、マザー・テレサを知るようになり、シュバイツァーとの違いを悟ったのです。シュバイツァーは男ですから、未開の人々の本当の苦しさはわからなかったのではないか。私はそう思うのです。

マザー・テレサは一九一〇年に現在のマケドニアで生まれました。生まれたときから「マザー」だったわけではなく、ゴンジャというのが生まれたときの名前です。ゴンジャの家は熱心なカトリック教徒でした。

幼いころからカトリックの教えに触れてきたゴンジャは、十八歳のときに宣教者となってインドのコルカタへと渡りました。そこで、ロレッタ女子修道会の修練生となったのです。「テレサ」という名前はこのときに付けられたものです。

修道女としての活動を本格化させたマザー・テレサは、第二次世界大戦や大飢饉、インド独立運動の混乱などを目の当たりにし、そこで苦しむ貧しい人々に心を動かされました。そして、スラム街で貧しい人たちを救済する活動をするようになったのです。

マザー・テレサは、死を前にして手の施しようのない病人たちの最後の住みかであるホスピスも設立しています。これらの功績が評価され、ノーベル平和賞をはじめ、数々の賞を受賞しています。私は、本当に偉いのは下に降りてきたマザー・テレサなのではないかと思っています。

本当に偉い人

本当に偉い人は
マザー・テレサのように

素足にサンダルを履《は》き
極貧最下の人たちに
一生を捧げる人である

愛の人マザー・テレサに
捧げる讃歌
マザー・テレサ写真展に寄せて

そのまなざしは
真如の月のごとく
その愛の広さ深さは
インドの海のごとく
その愛の光は
明けの明星のごとく
その愛の力は
ヒマラヤの山なみのごとく

すべては愛より出でて愛にかえる
マザー・テレサの偉大な愛よ

天にとどく祈り

わたしが心底から頭をさげるのは
下りに下った人である
わたしの知るなかで
一番下った方は
マザー・テレサさんである
だからこの人と共に生きていることが
何よりありがたかった
ところが昨日の新聞で重体と知り
今暁から彼岸の川原で特別祈る
天にとどくように
声に出して祈る

聞きとめてくださったのか
中天《ちゅうてん》に一つ星が光った

（平成九年十一月二日）

歴史は
すべての川
下へ下へと流れる
こゝが歴史である
良民

第三章

宇宙のまなざし

宇宙のまなざしと大宇宙大和楽

◆心霊を持つ宇宙畏敬の信仰

エネルギー

大宇宙には二十億兆もの
太陽があるという
何という無限不可思議な
エネルギーか
このエネルギーを吸飲して
生きてゆこう

引力

宇宙の引力を
身につけよう
そして
念ずれば
花ひらく
大宇宙
大和楽
この二つの
真言に
この引力を
付け加えよう
生まれてきた
使命を
貫徹するために
詩に執し
続けてきた

切願を
成就するために

母なるこの地球は、宇宙の意思で動いています。だから私は毎暁、地球に額を付けて地球の平安を祈ってきました。私が、「大宇宙の大念願は大和楽である」という「大宇宙大和楽」の真言をいただいたのは、八十一歳のときでした。

宮崎県の高千穂神社に参拝し、夜神楽を観ているとき、大和楽の啓示をいただいたのです。

人はすべて和やかに、楽しく生きていく。それが神様の願いであり、宇宙の真理であると知ったのでした。

そして、その翌々日、熊本県阿蘇の高天原にある、日の宮幣立神宮にお参りしたとき、宇宙大和神という、日本民族の神が存在することも知りました。

その二つのお宮から、大宇宙大和楽という、日本国と日本民族が、この宇宙の中で何をなすべきかの使命を知らされたのでした。ですから、私の宇宙論は、西洋の学者や日本の宇宙科学者が説く宇宙論とは異なり、心霊を持つ宇宙畏敬の信仰的なものです。

◆宇宙心霊は偉大で無限

対立したものからは、平和も幸福も生まれてきません。宇宙には対立もなく、差別もなく、すべてが平等です。

私は『華厳経《けごんきょう》』から釈尊《しゃくそん》に近づき、東洋の心をつかみ、無差別平等の信仰を身に付けてきました。そして、阿蘇の幣立《へいたて》神宮で啓示を受けた祈りの到達点が「大宇宙大和楽」の真言であり、「宇宙のまなざし」です。

宇宙は物ではありません。心を持った愛と平和の偉大な生命体（宇宙心霊）です。その宇宙に心服する人間の目を私は、「宇宙のまなざし」と呼んでいます。それは千年先までも見る目のことです。

人間は、自分の身体の中に宇宙（気海丹田）を持っています。自分の身体は、宇宙の縮図という自覚を持って、世の中のためになる仕事をしなければなりません。それが、四方を海に囲まれ、八百万の神を祀る日本民族の使命なのです。

どうか一人でも多くの人が、宇宙の心を知り、宇宙への祈りを捧げるようになってもらいたいと思っています。宇宙心霊は偉大であり、無限の力を持っています。

ああ宇宙のまなざしの
何という
明るさよ
穏やかさよ
美しさよ
優しさよ
涼しさよ

◆思想が暴力化した一向一揆

十五世紀から十六世紀にかけて、浄土真宗（一向宗）の門徒が起こした一揆に一向一揆と呼ばれるものがあります。室町時代中期以降、特に応仁・文明の大乱（応仁の乱）以降、一世紀にわたって頻発した一揆です（※編集部注）。

一向宗の門徒は、「死んだら浄土へ行く」という浄土思想のもとに、とにかく徒党を組んで突き進んでくるから手に負えない。しかし、そんな一向一揆も終焉を迎え、戦国大名の統一政権成立への第一歩となったのです。

浄土とは、阿弥陀仏の住む極楽浄土、つまりあの世のことですが、科学で実証されているわけではありません。ですから、あるかないかはわからない。「死んだらあの世へ行けるから」と、徒党を組んで戦うなどといった思想が救いの手立てになるはずがありません。

繰り返しますが、私の宇宙論は西洋の学者や日本の宇宙科学者が説く宇宙論とは異なり、心霊を持つ宇宙畏敬の信仰的なものです。私が九十歳を超えて生を受けているのも、この宇宙心霊のおん守りのおかげだと信じています。

求道求聞

八十年は長かったが
やっと授かったもの
大宇宙
大和楽
これがわたしの

求道求聞《ぐどうぐもん》の
開悟だった
地球に額をつけ
明星さまに
お礼を申す

◆**宇宙は大念願を持っている**

宇宙心霊は偉大です。無限の力を持っています。その偉大で無限の力を自分の身体に受け入れ、その力で災いを幸せに転じさせてもらうのです。大宇宙の力で、災いを転じて福となす。それが信仰の世界です。

宇宙の心を知り、宇宙の意思を知り、宇宙が目指す方向に素直に従っていくことです。それが、心霊を持つ宇宙畏敬の信仰といえるのです。その信仰によって、病気も治癒すると確信すれば、どんな病気も改善に向かいます。

私が尊敬する手島郁郎先生は、「木の葉が散るにつけても、花が咲くにつけても、そこに宇宙の意思を悟ることが本当の信仰である」と語っています。その信仰については、次のように表現しています。

「本当に全宇宙の心を突く人間になること、これが信仰にとっていちばん大事なことです。本当に全宇宙の真理を突く人間になること、これが信仰にとっていちばん大事なことです」

「信仰にとっていちばん大切なことは、全宇宙が真理を語っているときに、その真理を聞くこと、その修養をすることです」

宇宙は神秘に満ちています。この地球が自転していること自体が神秘です。その神秘を聞くこと。それがわからなければ、夫婦の愛情も理解できないでしょう。人間の身体は宇宙の縮図です。それが結び合って大宇宙が形成されているのですから。

宇宙の意思を私は「念願」といっています。その宇宙は大念願を持っています。あるときは民族の意思となり、集団の意思となって世代から世代へ受け継がれていきます。人はその意思を辿り、それを完成させていくことが大切になるのです。

鍵

体は小宇宙である
これが本当にわかったら

大宇宙大和楽の
大真言もわかってくる
特にヘソの下を
気海丹田《たんでん》と言い
東洋特に仏教では
ここを一番大切な処とした
すべてのことを
ここで解決する
そのためにはここを
練り鍛えておかねばならぬ
大宇宙大和楽の世界に入る
扉の鍵が
ここに在ることを
どうか知ってください

◆信仰は断定から始まる

心霊を持つ宇宙畏敬の信仰は、どんな瞬間でも疑ってはならないことを教示しています。それが信仰というものだからです。私の代表的な祈りの詩に、「念ずれば花ひらく」があります。

念ずれば花ひらく

念ずれば
花ひらく

苦しいとき
母がいつも口にしていた
このことばを
わたしはいつのころからか
となえるようになった
そうして
そのたび

わたしの花が
ふしぎと
ひとつ
ひとつ
ひらいていった

私が四十六歳のころに詠んだ詩です。「疑えば花ひらかず……」という短い言葉を探すため、私は気が遠くなるほど膨大な『大蔵経《だいぞうきょう》』を失明寸前になるほど何度も読み返しました。

そして、何の親孝行もできず、こんな身体になって母にすまないと思ったとき、生命現象として私の脊髄の中に入ってきた言葉が、この「念ずれば花ひらく」なのです。私の体験の世界で生まれた詩であり、追い詰められた中で浮かんできた母の熱願ともいえます。

「念ずれば花ひらく」の花は、植物の花ではありません。実践の証という精神的な意味を持ち、「念ずれば花ひらく」とは、神仏に誓いを立てて実行すれば、花は必ずひらくという「断定の祈り」でもあります。

「念ずれば花ひらく」の八字十音は、この詩から独立した真言で、多くの人々が念唱してくださっています。数多くの真言碑も各地に建立されていますが、「念ずれば花ひらく」に続くもう一つの真言が「大宇宙大和楽」です。

これも「大宇宙の大念願は大和楽である」という「断定の祈り」です。この「断定」することこそが重要です。「私は幸せになるんだ」「私の病気は治る」などと断定する。断定することで、初めて光が生まれてきます。

大宇宙はじつに不思議な力で動いています。百億兆もの遊星を動かしているのですから、その力は偉大で無限です。この宇宙の不思議な力をお借りするのです。そして断定する。断定は確かにむずかしいことですが、信仰は断定することから始まるのです。

◆祈りの起源は少年期の母親に

私は毎日、午前零時に起床しています。未明混沌の霊気の中で打坐《たざ》し、称名《しょうみょう》し、念仏し、詩作しています。そして屋外に出て、宇宙の霊気がいちばん生き生きしている時間に「暁天祈願《ぎょうてんきがん》」を行います。

祈願は、まず自宅の庭にある朴の木の下で行います。そして暁天の大地に立って、月のあるときには月に向かい、月のないときには星に向かい、腹いっぱいに光を吸飲して祈ります。最初の言葉は、次のような「三つの祈り」です。

一つ　宇宙の運命を変えるような核戦争が起きませぬように

二つ　世界人類の一致（ユニテ）が実現しますように

三つ　生きとし生けるものが平和でありますように

この三つの祈りを唱えたあと、詩縁の人々の平安を祈り、家族の無事を祈り、詩願の成就と詩誌『詩国』賦算《ふさん》の達成を乞い願っています。

暁天祈願は、私が参禅するようになってから始めたものですが、六十五歳で教員生活を終えてからは、近くの重信川の橋を渡って、明星礼拝も行っています。

私の祈りの起源は、信心深い母親の影響を受けたもので、少年期に遡ります。熊本県玉名郡府本村（現・荒尾市）仏教信徒の家に生まれた私は、満八歳のときに父親が喉頭がんで急逝しました。

それ以後、母親の勧めにより、毎日夜の明けるのを待って共同井戸の水を汲みに行き、父の「のどぼとけ」に水をあげるようになりました。どん底の生活の中で、父の守護を切願するようになったのです。それは、中学校を終えるまで続きました。

地元の中学校を卒業して、伊勢の旧制専門学校・神宮皇学館に学び、多感な青春の日々を伊勢の海や川、山に励まされました。そして母なる神を祀る自然というものを胸深く知ることができました。

◆「信ずるごとくになる」という真言

時は茫々と流れ、国はかつてない敗戦の惨苦をなめ、私も朝鮮からの引き揚げ者として故郷の九州に帰りました。その後、縁があって四国に移り住み、自己を確立するために詩歌の道に入りました。このときに深い仏縁に恵まれ、新しい詩境を築き上げることになったのです。

四国に渡って七年目の昭和二十八年三月、杉村春苔尼先生に巡り会いました。この杉村先生との邂逅《かいこう》は、私にとって大回心となりました。本当の仏の世界を知ることになったのです。二度とない人生を自覚し、人に生きる力を与える詩を書こうと、新たな決意をする契機にもなりました。

さらに、時宗《じしゅう》の開祖である一遍上人を知るに及び、すべてを捨てて、大いなるものに己を託して祈ると共に、一心称名、五体投地、不妄念の念唱など様々な「行」を積むようになりました。

それが、キリスト教に接近していく機縁となり、祈りにおいては最高最大の人と私が尊敬するキリスト教幕屋《まくや》の創始者、手島郁郎先生の接見を受けることにもなったのです。

師は、「大いなるもの（神）が、その人を捉え導き始める経験、それが宗教だ」とし、私の真言ともなった「念ずれば花ひらく」は、キリスト教の「信ずるごとくになる」と同じ意味だと説いたのです。

神仏に誓いを立てて実行すれば、花は必ずひらくという「断定の祈り」です。もう一つの真言が、「大宇宙の大念願は大和楽である」という意味の「大宇宙大和楽」。私にとっての祈りの到達点であり、これも「断定の祈り」であるのはいうまでもありません。

（平成七年三月五日）

※一向一揆　荘園制の崩壊に伴って、一向宗の教団組織の強化が進められ、守護大名の領国支配と対立した。有名なものでは、加賀守護富樫氏を倒して加賀一国を支配した加賀一向一揆や、徳川家康・織田信長と戦った三河一向一揆、伊勢長島一揆、石山本願寺一揆などがある。

この一向一揆は、戦国大名の領国形成にとって最大の試練だった。徳川家康も三河の一向一揆に手を焼き、天下統一を目指す織田信長も長島、越前、雑賀《さいか》などの一揆に悩まされた。

願を持って生きる

◆祈りは最高の実践

私は日本に生まれたから、この日本を愛しています。四季折々の変化に富む、この国の自然を愛しています。そこから生まれてきた民族の詩心を、こよなく美しいものに思います。

しかし、長く生きてきた私には、最近の急激な荒廃がこの国の運命を暗くするような予感さえ起こさせます。日本を包む情勢も刻一刻険悪になっています。ひとたび核戦争が勃発したら、何もかもおしまいです。

戦争に負けて、どん底に落ちていたときのほうが、まだ人の心はよかったように思います。今は何もかも、何不自由なくあります。飢えて死ぬ心配はなくなりました。失業しても生きていけるでしょう。

言論は自由であり、お金さえあれば、どんなことでもできるのです。二度も赤い紙の召集令状をもらい、出征はしたが死なずに済み、このかつてない繁栄を見ることもでき、まったく感慨無量なものがあります。それだけに、今の日本人の心の荒廃が嘆かれてなりません。

台風も、洪水も、日本列島には宿命的ともいえるでしょうし、地震もまた、しかりです。にもかかわらず、それに対する真剣な方策が、国家的に、学問的に、代々なされてきたでしょうか。

台風のたびに、何百人もの死傷者が出るのを聞き、その悲しみも、いつの間にか記憶から遠ざかり、忘却は忘却を重ね、一向によくなりません。

大自然は母なのです。私は母なる神が守るこの国に生まれ、自然がそのまま今も生きている伊勢で、青春の多感な日々を送ったことを、こよなくうれしく思っています。

そして、一人でも多くの人が、もっともっと自然を愛し、自然の大愛に抱かれ、この国の持っている世界的使命について、心深く考え、住みよい国になるよう乞い願うばかりです。

新しい宇宙観

楽しいうたを作れ
鳥も楽しく

鳴いているではないか
花も楽しく
咲いているではないか
母なる星
この地球は
もともと楽しい処だった
ところが人間というのが
出現して以来
戦争ばかりをし
この楽しい園を破壊し
核爆弾まで造って
地球の破滅まで
敢えてする人間となった
地球は人間だけのものではないのだ
だから元に戻してゆく
新しい宇宙観を

確立しよう

祈り

祈りは最高の実践
天に祈ろう
地に祈ろう

◆「言霊」に惹かれる

私が日本に生まれてきてよかったと、若いときから今に至るまで変わらぬ思いを持つのは、万葉集があるからです。だから、『万葉集』はいつも私の机辺《きへん》にあります。

最初は、山部赤人《やまべのあかひと》の

三吉野の象山《きさやま》の間の木末《こぬれ》には幾許《ここだ》もさわぐ鳥の声かも
ぬばたまの夜の更けゆけば久木《ひさき》生ふる清き河原に千鳥しば鳴く

この二首から入り、後に柿本人麻呂《かきのもとのひとまろ》に傾倒し、今も変わりなく毎日一度は幾首か

の歌を朗読しています。特に愛誦するのは、

ひむがしの野にかぎろひのたつ見えてかへりみすれば月かたぶきぬ

です。

これは毎晩、重信橋を行き帰りするとき、よく体験する光景です。だから『万葉集』中の最高作品として、日本の国に生まれたことを何よりありがたいと思います。

特に人麻呂は、

敷島《しきしま》の日本《やまと》の国は言霊《ことだま》の佐《たす》くる国ぞ真幸《まさき》くありこそ

と歌ってくれています。

「日本の国は言霊が幸いをもたらす国です。どうか私が言葉で、『ご無事でいてください』と申し上げることによって、どうぞ無事でいてください」というように解釈することができます。

私は、人麻呂が「言霊」といっていることに惹かれています。なぜなら、言霊という魂を崇め敬っているからです。西洋では旧約聖書が読まれていますが、その最初に出てくるのが、「言葉は神なり、神は言葉なり」という文言です。言葉は、魂を持っているということをいっているのです。信仰と祈りに通じるものがあるのです。

嬉しいこと

何が一番嬉しいか
それは今のわたしにとっては
宇宙万物
宇宙万霊と
一つになること
これより嬉しく
喜ばしいことはない

◆日本神話にも光を

日本には神話と呼ばれるものがあります。中でも有名なのは、天照《あまてらす》大神《おおみかみ》の神話です。

天照大神は、伊勢神宮の祭神で、天空を照らす偉大なる神という意から、太陽神ともされています。その天照大神が高天原での素戔嗚尊《すさのおのみこと》の乱行にたまりかね、天の岩屋戸にこもると世は常闇《とこやみ》になってしまいました。

国中が暗闇になってしまったものの、天鈿女命《あめのうずめのみこ》の妖艶な踊りによって、天の岩屋戸から出てくるという神話です。それによって、世の中が再び明るくなりました。闇が光になりました。

光と闇の世界で、光が闇になり、闇が再び光になることを神話が教えている。とてもいい神話で、後世に伝えていきたい日本神話だと思います。

天照大神は、その名の通り太陽神ですが、そこには自然としての太陽、太陽神を祀る巫女《みこ》、皇祖神という三つの像が見られるともいわれています。

最近は、歴史教育で日本神話を教えることはありません。神話的な話は事実ではなく、虚構だなどという理由からです。しかし、歴史は事実だけが歴史ではありません。神話はあくまでも神話ですが、神々の話を知ることは歴史に広がりをもたらします。信仰や祈り、魂について教えてくれるのが神話といえるのです。

◆自分の宿運を知る

人は自分の宿運を知らなければなりません。それを知ることによって、それに素直に従い生きていくことができるようになれば、病気になっても病気から逃れ、災難に遭っても災難から逃れ、失意に落ちても、そこから立ち上がることができるようになります。

何事も無理をしたり、逆行したりするから、病気になったり、災難に遭ったり、失敗を重ねたりするのです。それらは自分を知らないところから起こってくるもので、自分からつくり出しているようなものです。

天は決して人を苦しめたり、悲しませたりはしないのです。よく「神も仏もないものだ」といいます。それはあまりにも狭い世界しか知らない人のいうことであり、大きな世界から眺めたら、すべてのことは自分自身が引き起こしているのです。

いかに医学が進歩しても、病人は増えるばかりです。これはいったい何を物語っているのでしょうか。それは皆、人の心が昔とまったく違ったものになったからに他なりません。「俺は少しも変わっていない」と思っても、ずいぶん変わってきていることに気がつかなければなりません。

特に最近の日本人の変わり方は激しいように思います。あと十年もしたら、いったいどうなるでしょうか。本当に心配でなりません。

◆「願」を持つ人は美しい

私は、自分自身の生き方を「わたしの三願」として詩にしています。

一つ
鳥のように
一途に
飛んでゆこう
二つ
水のように
素直に
流れてゆこう
三つ
雲のように
身軽に
生きてゆこう

鳥も水も雲も私の好きな対象であり、私の分身のように親しみさえ感じています。

一白水星、酉年《とりどし》という宿運の中に生まれてきた私は、水と鳥、そして雲、この三つは切っても切れないものとして、私の生涯を運命づけてきたのです。

仏さまに私が心惹かれるのは、仏さまは皆それぞれの「願」を持って出現されているからです。『法華経』に涌出品という箇所がありますが、私はこの涌出という言葉に魅了されます。大地の底に何千年も打坐し瞑想し、自分の願を成就させて、もうよかろうと湧き水のように娑婆《しゃば》に出現される仏さまだからです。

仏さまが美しいのは、願を持っておられるからです。そうした願を持って生きている人は皆美しい。本当の美しさは、このような願を持つ人をいうのです。願を持つ人は、目が光り、顔が光り、後ろ姿まで光っているものです。

◆一遍上人がつくり出した念仏

私は鎌倉時代の僧で時宗の開祖、一遍上人のなさった後を継いでいこうと思っています。一遍という人は、私の住んでいる四国・松山の宝厳寺《ほうごんじ》というところでお生まれになりました。

そして、「南無阿弥陀仏《なむあみだぶつ》、決定往生六十万人」という小さい札を日本国中歩き回って民衆に浄土行きのパスポート、つまり切符を配って歩くという賦算の行を始めた人でもあります。

一切を捨てて、苦しんでいる人たちのために極楽浄土行きのお札を配りながら、五十一歳で亡くなりました。だから、捨て聖ともいわれています。

『一遍上人語録』の中に、

よろず生きとしいけるもの、山河草木、ふく風たつ浪の音までも、念仏ならずということなし。

という言葉があります。

生きているということは、息をしているということです。生きとし生けるものの息に、わが息を合わせて生きていく、これが一遍の念仏であり、呼吸なのです。

南無阿弥陀仏と唱えるから、念仏というのではありません。また、それが一度でよいとか、多く唱えなければならないとかいうことも、一遍の念仏にはありません。一遍はまったく新しい念仏をつくり出したのです。

一遍の念仏はインドにもなく、中国にもなく、一遍独自の念仏なのです。一遍の念仏を知ろうとするなら、彼の生まれた四国の土を踏み、彼が聞いて育った瀬戸の海を知らなければならない。そう思って、私は四国に渡ったのでした。

◆母なるやさしい一遍の念仏

瀬戸の海は、外海とはまったく違っています。私は九州生まれですが、四国に渡ってきたのは、日本が戦争に負けてからでした。若いときに日本に失望し、日本を脱出して朝鮮に渡った私は、二度と帰らないつもりでいました。

ところが戦争は敗北で終わり、昭和二十年の秋に故郷に帰国しました。翌年の春の末には四国に渡り住む身となり、それも一遍が生まれた伊予の国の静かな海辺の町で新しい生を始めることになったのです。

思えば目に見えない不思議な糸のつながりです。もともと私は、青春の日を神の鎮まる伊勢に四年間もいて、神道の空気を吸って過ごしていました。仏教学との結びつきはなかった私が仏縁深い人間となり、誰に教えられることもなく一遍上人と切っても切れない深い縁を結んだのです。

一遍の念仏は、父なる厳しい念仏ではありません。母なるやさしい念仏です。温かい母の胸に抱かれて、赤ん坊のように安心しきって生きていく愛の念仏です。ただ素直な心、素直な目、素直な耳になれば、いつでも一遍の念仏と同じものになることができるのです。

◆一遍の願を受け継いで

私の詩集にはよく「願い」という詩が出てきます。これは私の詩集の特色といえるかもしれません。念願詩誌『詩国』を出しているのも、一遍の願を受け継いでいこうと念じているからです。

一遍の賦算は二十五万一千七百二十四人で終わっています。決定往生六十万人の願数からすると、あと三十四万八千二百七十六人残っていることになります。この数を少しでも減らすことができればと発願して、『詩国』を発行してきたのです。

あれから二十年が経ちました。それまでは業病《ごうびょう》やその他で苦しみましたが、賦算誌を刊行し出すと、不思議に世界が開けてきて、休刊するような身体の苦痛も家族の心配もなくなりました。

まったく、これは願心不思議という他ありません。私は一遍上人が生まれた宝厳寺に行くたびに、今も生きていられることを痛感しています。

ねがい

風の行方を

問うなかれ
散りゆく花を
追うなかれ

すべては
さらさら
流れゆく
川のごとくに
あらんかな

（平成七年四月二日）

日日に新たに、又日に新たなり

◆一呼吸一呼吸、一刻一刻を大切に

中国の古典「四書五経」（※編集部注）の中の『大学』にこんな言葉があります。

日日に新たにして、又日に新たなり（日日新、又日新）

私のとても好きな言葉で、「今日の行いは昨日よりも新しくよくなり、明日の行いは今日よりも新しくよくなるように修養に心がけなければならない」といった意味です。

自然に呼吸していることを意識し、自覚して生きていかなければならない。一呼吸一呼吸、一刻一刻の今を大事にして精進しなさいと説いているのです（※編集部注）。「四書」の『大学』に出てくる、「日日に新たにして、又日に新たなり」は、紀元前一〇〇〇年の言葉といわれています。殷《いん》の時代の湯王は、これを盤、すなわち洗面の器に掘りつけて毎日の自戒の句としたとも伝えられています。

殷の湯王は、殷王朝の創始者で聖天子としても知られています。その湯王が毎日、朝起きて顔を洗うたびにこの句を見て、じつに新鮮な気持ちで今日という一日を過ごそうと心に決める。それが中国の伝統として今に伝えられているのですから、この言葉の持つ意味は大きいのだと実感します。

◆花の命は短いが……

私の詩に、

花には
散ったあとの
悲しみはない
ただ一途に咲いた
喜びだけが残るのだ

というものがあります。花の命は短いけれど、一途に咲いたのだから喜ぶべきことという人としての基本的な姿勢を詠んだ詩です。

「花の命は短くて」という言葉は、林芙美子の自伝的長編小説『放浪記』の中にも出てくる言葉です。花の命は短く、はかないけれども、朝顔は朝顔として、夕顔は夕顔として懸命に花を咲かせている。

それは花の喜びでもあるのです。花が散ってしまったからといって嘆くべきではありません。懸命に咲いたことに人間の一生を投影することができるようにも思います。一生懸命に生きるとは、「日日に新たに、又日に新たなり」の精神ともいえるのです。

◆毎日を一生懸命に生きる

時宗の開祖、一遍上人の語録に、

ただ今の念仏の外に　臨終の念仏なし　臨終即平生なり

という言葉があります。突き詰めていうなら、これさえ本当にわかれば、一遍の教えもすべてわかったことになります。しかし、これは頭でわかっても何もなりません。

一日一日の生活の中で、また一刻一刻の生き方の中で、一呼吸一呼吸の息の中で、実践し実行していかなければならない。そういう意味を持った言葉なのです。

どんなに偉い人でも、どんなに悟った人でも、死は必ずやってきます。死から逃れることはできません。死ほど厳粛《げんしゅく》なものはないでしょう。この世に生を与えられたものは、目に見えるものから、目に見えないものに至るまで、それこそ無数に存在します。しかし、死の自覚を持つものは人間だけなのです。そこに人間の人間たるところがあるといえます。

ですから、日日に新たに、又日に新たなり。毎日を一生懸命に生きることが、私たちの使命でもあるのです。人間として生まれてきたことを、いかなる境遇、いかなる困苦に遭おうとも、私たちは受け難き人身として受け取り、生きていかなければなりません。

私の詩に「二度とない人生だから」という長い詩があることは前にも触れましたが、その第一節は次のような内容です。

二度とない人生だから
一輪の花にも
無限の愛を

そそいでゆこう
一羽の鳥の声にも
無心の耳を
かたむけてゆこう

この詩の意味するところを汲み取ってほしいと思います。

◆「断定の想念」で生きる

「日日に新たに、又日に新たなり」を実践していくには、「断定の想念」が欠かせません。この大宇宙は断定の想念のもとに動いています。これが私の宇宙論でもあるのですが、地球の自転や公転は一定の周期のもとにあり、月の満ち欠けや潮の満ち干も一定の周期のもとに現れます。一分一秒の狂いもなく現れます。

ですから、私は断定の想念のもとに生きていくことが必要だと思っています。普通の祈りと、私がいう断定の想念とは異なります。「どうかこの病気が快方に向かいますように」と祈るのではなく、「この病気は治るんだ」と断定すること。それが必要です。

どこか控えめな祈りをするのではなく、とにかく断定する。私がこの境涯に到達するまでには、相当な時間を要しました。私は病弱でしたが、自身を励まし、励ましながら、やっと到達したのがこの断定の想念です。もしも病気になったら、「絶対に治る」という断定の想念のもとで生きていってほしいと思っています。

◆「日々是好日」の意味とは

禅語には「日々是好日《にちにちこれこうじつ》」という言葉があります。この禅語が生まれた背景については、公案集の『碧巌録《へきがんろく》』にあり、中国人が最も尊ぶ禅語のようです。「日日に新たに、又日に新たなり」と違って理解するのがむずかしい禅語の一つですが、とにかく「今日は良い日だ」と断定することを教えています。

どんなに辛い日々があっても、なお毎日を尊び「日々是好日」と思えたとき、この言葉の意味を理解することができるのです。どんなに辛いことがあっても「今日は良い日だ、辛いことなど何もない」と断定する。自分の心を「良い日」に持っていくことが、現状を好転させる糸口になると信じています。

それが信仰というものですが、それによって、例えばガンが完治するという奇跡も起こり得るのです。ガンに侵され余命を告げられても、そのガンが全部消えてしまったという事例も少なくないのですから。

（平成八年一月七日）

※四書五経　儒教の経典。「四書」とは『論語』『大学』『中庸《ちゅうよう》』『孟子』の四つの書物であり、「五経」とは、『易経』『詩経』『書経』『礼記《らいき》』『春秋』の五つを指している。中国において『四書五経』は六世紀の隋の時代から科挙試験の中軸となり、古典を学んだ優秀なエリートたちが官吏として国を治めた。日本でも江戸時代、寺子屋を通じて広く庶民に古典教育が施され、『四書五経』は人格の根幹を形成するうえでの大きな働きをしたとされている。

大宇宙大和楽

第四章

念ずれば花ひらく

「念ずれば花ひらく」の真言

◆赤い実に母の労苦を偲ぶ

あるとき、大海の中に落ちた一粒の真珠のような言葉に出会いました。それが、

疑えば花開かず　信心清浄なれば　花開いて　仏を見たてまつる

という短い言葉です。この言葉に接したとき、まず私の脳裏に浮かんだのが、お釈迦様の「真珠が海の中に落ちたら、それを柄杓《ひしゃく》で掬《すく》え。どんな深い海でも掬い上げることができる」という言葉です。

私は、自分にとっての真珠のような言葉を探し出すために、『大蔵経』という海のように広い経典を三回読んだのです。それでも見つけることはできませんでした。

そうこうするうちに、私は目を患い、絶望の底に突き落とされました。街頭のどんな大きな字もまったく見えず、心も身体も暗い世界に落ちていたのです。その後、名医といわれる眼科に通うことになりました。

名医だけに、朝早くから多くの患者が順番を待っていました。私は番を待つあいだ、近くの神社のベンチに座り、なごんでいたのです。そのときに、私の目に入ったのが大きなモチの木でした。地面には多くの赤い実が落ちていました。

その赤い実を見ていると、ふと母のことが思い出されました。母の名は、「種」といったからです。母の労苦に報いることなく、このような病気になったことを深く思い悲しんでいました。

そのときに、霊感のように浮かんだのが、「念ずれば花ひらく」の言葉であり、そこから生まれてきたのが「念ずれば花ひらく」の詩なのです。

念ずれば
花ひらく

苦しいとき
母がいつも口にしていた
このことばを
わたしもいつのころからか

となえるようになった
そうして
そのたび
わたしの花が
ふしぎと
ひとつ
ひとつ
ひらいていった

絶望の淵から生まれ出たことを思うとき、この詩は神から授けいただいたということが、あとになってわかってきたのです。

◆タンポポが持つ明るい想念

作品というものは不思議なものです。苦しんでいるときは暗い詩になるかと思いがちですが、ふと流星のように明るい詩が生まれたりします。落ち込んでいる魂を奮起させてくれ、身体の病も治ったりするものです。そうした詩が、私にはいくつもあります。

落ち込んだときも詩によって救われました。目の病から身体の病気となり、ぎりぎりのところまできていたときでもありました。それが、詩によって救われたのです。あれから私は大きな病気はしなくなり、今は視力も回復し、どんな小さな字でも読めるようになったのです。

詩は未来を切り開くためのものでなければなりません。それが、詩を書き続けている私の願いであり、祈りです。だから、私の詩はほとんど夜明けに生まれています。宇宙の波動がいちばん多く強く落下するのは、夜明けだからです。

私は、この波動を「念波」といっているのですが、念ずるというのは、前向きに生きようとすることであって、希望でもあるのです。どん底に落ちても、念じながら這い上がってくる不屈の魂です。

私のいるところをタンポポ堂と名づけたのも、あのタンポポが持つ明るい想念をわが想念としたいからでした。タンポポは世界の花、いや地球の花です。「念ずれば花ひらく」の八字十音の真言をいちばんよく知っているのは、タンポポなのです。

地球の存在する限り、タンポポは咲き続く強い野草です。農家の方がいわれる、いくら農薬をかけてもタンポポだけは根絶えできない強い野草なのです。これからの人間も、どんな困難な時代が到来しても、再起再生するような強い心を持たなければなりません。

飛んでゆく念波

わたしの念波は
タンポポの種のように
方々へ飛んでゆく
むろん念波だから
目には見えない
見えないから
その人は気付かない
でもあとで良い手紙を貰ったりすると
ああよく行ってくれたと
わたしは念波にお礼を言う
近頃そんなことが増えてきた

◆宇宙的視野に立って考える

「念ずれば花ひらく」の念というのは、今という字と、心という字からできています。つまり、いつもそう思うということなのです。一つのことをいつも思い続けていると、五十兆あるといわれている身体の中の全細胞が、今日の言葉でいうと、遺伝子がそうなっていくのです。

そのことは現代の科学者が実証しています。二十一世紀になれば、こうした学問はもっともっと進み、「念ずれば花ひらく」という真言が生きたものになってくると思います。

私は、詩人はある意味では、予言者でなくてはならないと思っています。つまり未来を切り開いていくもの、前人未到の道を行くものでなくてはならないのです。

現代は、個人のことよりも、もっと宇宙的視野に立って生きとし生けるもののことを考えなければならない時代にきています。大宇宙が持つ愛と平和の想念がわかる人となるよう、「念ずれば花ひらく」の真言を大事にしてほしいと思っています。

◆日蓮上人の七字五字の願文

「念ずれば花ひらく」の詩が生まれたとき、私は日蓮上人（※編集部注）のこんな願《がん》文《もん》を唱えていました。日蓮上人の『大全集』の中にある言葉です。

「只妙法蓮華経の七字五字を日本国の一切衆生の口に入れんとはげむ計りなり。此即ち母の赤子の口に乳を入れんとはげむ慈悲なり。只布教のごとく大難行とも類せんこと疑いなかるべし」。

日蓮上人は、この願文で、南無妙法蓮華経と折伏《しゃくぶく》するのは、母が子にお乳を飲ませることと同じであると説いているのです。乳児が何もわからなくても、母のお乳を飲めばすくすくと成長するのと同じように、南無妙法蓮華経のお題目を唱えれば、いつの間にか仏様の心を育てることができ、幸せな人生を歩むことができる。そういった意味に解釈することができます。

私には、日蓮上人のこの言葉が何か霊感のように入ってきたのでした。南無妙法蓮華経といったら七字、妙法蓮華経といったら五字ですが、この七字五字を多くの日本人に唱えさせようと、日蓮上人は日本中を折伏して回りました。

「母の赤子の口に乳を入れんとはげむ慈悲なり」「類せんこと疑いなかるべし」とは、たいへん刺激的で迫力のある言葉であり、まさに日蓮上人の願文です。そして、この言葉に相通じる、「念ずれば花ひらく」の八文字を私は私の真言として持つようになったのです。

◆確信と信念を持って唱える

「念ずれば花ひらく」――この言葉の意味をどこまで理解しているかは、人によっても差があります。私は、とても深みのある真言だと自負しています。追い詰められ、追い詰められたときに人を活かしてくれる言葉だと思っています。そう信じて、私は毎日唱えています。

「念ずれば花ひらく」には、前述したように、前向きに生きようという希望であり、どん底に落ちても念じながら這い上がろうという不屈の魂を持てば光が見えてくる、未来を切り開くことができるといった意味があります。

自分のときには花が咲かず、子どもに託してもまだ咲かない。だから、やはり咲かない花もあるのかなという疑念を抱くかもしれません。しかし、孫の代になってやっと花が咲いたということだってあるでしょう。

自分の一代で花がひらくことはなかったから、あれは単なる言葉の遊びだなどと思い、それで終わってしまう人もいるかもしれません。けれども、一生懸命に念じて唱えてください。そうすれば、自分のときには咲かなくても、子どもの時代、あるいは孫の時代、さらにその次の世代には咲かすことができる。

そういう確信を持って、信念を持って「念ずれば花ひらく」と唱えてほしいと思っています。

（平成五年八月一日）

※日蓮上人　鎌倉時代の貞応《じょうおう》元年（承久四年）二月に安房《あわ》の国、現在の千葉県鴨川市の東部、安房片海の近辺で生まれた。日蓮宗の開祖。諡号《しごう》は立正大師。十七歳ころから鎌倉・比叡山などで十一年間修行研鑽し、『法華経』こそ至高の経典であるとの確信を得、一二五三年故郷の清澄山頂で題目を高唱して開宗した。

仏教と縁

◆仏教の根本原理とは？

インドに生まれた仏教は、やがて中国にわたり、朝鮮を経て日本に伝わってきました。仏教の歴史を辿ってみると、それはじつに深遠で、一代ではとても究めることはできません。そうした仏教は日本人の血によって、日本人のものとなりました。

その仏教で、仏教用語です。「縁」について考えてみたいと思います。縁というのはまったく天命で、天命は、人間が命をもって生まれたということですから、何物にも代えがたい尊厳であり、大事にしなければならないのはいうまでもありません。

人間の生命とは何か、真実に生きるとは何かなどについて書かれた本です。この中で日本の科学者が座談会を通して語っている言葉が印象的でした。次のような内容でした。科学者のヨーロッパ留学時の体験談です。

私は昔、ヨーロッパで恥をかいた経験があります。三十歳のころ、二年間ほどチェコの首都プラハにいたことがあります。その前に、まずドイツ語を学ぶためにドイツのベルリン大学に三カ月間、在籍していました。

その間、留学生のための寮で生活していたのですが、あるとき、スウェーデンの留学生に「あなたは何を研究しているのか」と尋ねたのです。彼は、「仏教を勉強している。君の宗教は何か」と逆に聞いてくるのです。

私は、即座に「仏教だ」と答えたのですが、彼はさらに「では、仏教の根本原理は何か」と畳みかけてきました。私は、その質問に面食らい、「勉強したことがないからわからない」と答えるしかありませんでした。

そんな私に彼は、「すべてのものは変わりつつあることではないか」というのです。私は、仏教の命題でもある、「諸行無常」のことなのかと思ったのですが、日本人でありながら、当時は仏教について明確に答えることができませんでした。


その科学者は、やがて「人間が命を持って生まれたのが天命ですから、仏教では縁という言葉を使います。縁は深い意味を持っています」と悟るようになったのです。

◆縁側が消え、つながりがなくなる

仏教というのは、「因縁」です。因縁の教えが仏教です。よく「因果」という言葉

が使われますが、因果とは「因＝原因」と「果＝結果」であり、この原因があってこの結果となるということです。

「因果」は、種と花にたとえられます。花が咲くには、「種をまく」という「因」が不可欠ですが、その他に気温や土、水など様々な条件が揃ってこそ「花が咲く」という結果になります。この気温や土、水に当たるものが縁ということになります。

ですから、「因果」といっても、「因」の他にたくさんの「縁」によって「果」が成り立つのです。「因」はすべてがつながっています。それが「縁」というものなのです。「因」と「縁」があってこそ、「果」があるのです。

話は飛躍しますが、最近はマンションばかりで「縁側」が少なくなっています。私は四国・宇和島の小さな家に住んでいましたが、そこには「濡れ縁」というものがありました。濡れ縁とは、雨戸の敷居の外側に設けられる雨ざらしの縁側をいいます。単に「縁」とも、雨ざらしであることから「雨縁《あまえん》」ともいわれています。

人が来ると、天気が良い日はその濡れ縁に座り、お茶を飲みながら世間話をしたものです。人と人との縁を保ち、つながりを果たすことに役立つすてきな場所でした。しかし、最近の家には、その濡れ縁がすっかりなくなってしまいました。ましてやマンションにはまったくありません。人と人の心のつながりを維持する場所が消えてしまったのです。

日本には、「袖擦《そです》り合うも多生《たしょう》の縁」ということわざがあります。この「縁」が日本の社会生活、庶民生活を長く支えてきました。ところが、縁側がなくなり、人々との心のつながりの場所がなくなってしまったのです。

仏教でいう「縁」が家の中からすっかりなくなっているのが現状なのです。とても残念でなりません。


（平成五年八月一日）

運を呼び込む極意

◆理にかなわないことが起こる

プロ野球のヤクルト元監督で日本シリーズでも優勝を遂げた、野村克也氏と対談をしたことがあります。データを駆使するＩＤ野球を実践したことでも知られ、頭脳派ともいわれています。だから、「運」というものをあまり強調しない人です。

その野村さんでさえ、「どうしても計算以外のことがあるものだ」と仰っていたことが印象的でした。

実際、野村さんは「理屈じゃない。理論じゃない。理にかなわないことが起こるもんですから『何かあるな』と。だから、神社へ行っても手を合わせたり、仏さんに線香を立てたりという心境に嫌でもさせられる。……『一念岩をも通す』といいますが、実際、念ずるということは、すごいパワーを生むんじゃないかと思います。それが自分の行動のエネルギー源になると思います」と対談の中で語っています。

計算という科学でも読み切れないのが、勝負の世界のアヤというものなのでしょう。それは、野球だけではなく、碁や囲碁といった勝負の世界にもあるようです。

将棋界で数々のタイトルを獲得し、平成五年に名人となった米長邦雄さんが、上智大学の渡部昇一教授と対談した話がベースになっている『人間における運の研究』という書には、「運」について考えさせられるヒントがあふれています。

この書を読むと、やはり「運」をつかむことが人生の要諦であることを痛感します。

◆幸田露伴の〝幸福三説〟

『人間における運の研究』という書で渡部教授は、「運」について説明するにはまず、幸田露伴の『努力論』の中にある〝幸福三説〟について知る必要があるとしています。この『人間における運の研究』を読みながら話を進めることにします。

渡部教授は、「幸福にはそもそも〝偶然の出来事〟という意味がある。英語の『幸福な』happyは『起こる』happenと同一語源であることが、そのことを示している。〝偶然起こる〟のがhappyの本義なのである。

幸田露伴の考える幸福は明治以後、つまり近代化以後の心の内にある感情といった意味ではなく、外的な出来事としてとらえられている。だから、露伴のいう『福』は『運』と同義語だと考えていい」とし、こうも語っています。

「世の中を眺めると、どうも幸運が比較的よく回ってくる人とそうでない人がいるようである。それを観察して、露伴は〝幸福三説〟をとなえた」

この露伴の〝幸福三説〟を読めば、運というものがどのようなものかがわかってきます。happyの語源でも明らかなように、西洋では幸福も運も同義語です。だから、幸せも運も努力次第で起きるもの。これには私も納得させられました。

では、その〝幸福三説〟とは何か。渡部教授は、「惜福《せきふく》」「分福《ぶんぷく》」「植福《しょくふく》」の三つを挙げています。

◆運にめぐり合う確率を高くする

第一の「惜福」は、福を惜しむという意味で、福を惜しまない人間には、福はやってこない、福は逃げていってしまうというのです。幸福の女神とよくいわれますが、福をもたらすのは女神です。女神に嫌われたら、福は巡ってこない、運には恵まれないともいっています。

幸福の女神に好かれている人は、後ろ姿でわかります。「この人は幸福の女神に好かれているな」とわかるものなのです。幸福の女神にそっぽを向かれた人は、後ろ姿に表れています。そっぽを向かれた人の奥さんは幸せではないともいっています。

「惜福」について、たとえ話を挙げています。そのたとえ話とは――。

「息子が二人いて、新しい服を買い与えると、一人は大喜びで、それぱかり着る。それまで着ていた服は押し入れに入れたままで見向きもしない。そのうち新しい服は着崩れし、折り目もなくなる。

……もう一人はそれまで着ていた服は普段着として着、新しい服はよそゆき着として着る。時と場所を選んで古い服も新しい服もそれぞれに役目を果たすように着る。こういう二人の子どものどちらも母親は可愛い。

だから、特にどちらに多く新しいものを買ってやるということはない。だが、無意識に新しい服も古い服も両方を大事に着る子どものほうに、より多く買ってやることになってしまうようである。

つまり、与えられた福を使い尽くし、取り尽くしてしまわずにいると、結果として福が回ってくるようだ、と露伴はいうのです」

渡部教授は、「長く続いている旧家や商家には家訓といったものがあるものだが、それらは惜福という言葉は使っていなくとも、必ずこの惜福の工夫を説いています。与えられた福をいますぐに使い果たさず、冥々《めいめい》たり茫々たる運命にあずけておく。その心がけが運にめぐり合う確率を高くする、ということです」と続けます。

これに対して、米長さんは「冥々たり茫々たる運命にあずけておく、というのがいい。あずけておけば必ず運に恵まれるというものではない。だが、めぐり合う確率は高くなる。確かに運とはそういうものでしょう」と答えています。

冥々たり茫々たる、とは目に見えない世界、夜が明けない暗い世界といった意味です。まだ明らかではない様子や状況を指していいます。私の詩に「未明混沌《みめいこんとん》」というのがありますが、神様も住んでいれば、悪魔も住んでいる、闇ではなく夜明けでもない世界なのです。

その未明混沌の世界に福をあずけておく。その心がけが運にめぐり合う確率を高くするというわけです。

◆「惜福」と戦国の武将

幸田露伴は博学であり、歴史にも話が及んでいます。名将を例に挙げて、惜福の工夫について持論を展開します。

「旭将軍とうたわれた木曽義仲は平家を追い落とすのに大功があった。だが、惜福の工夫がなく、京都で羽目をはずしたために同門の源氏の手にかかって滅んでしまった。源義経も同じで、彼の軍事的成功は空前のことだが、有頂天になって朝廷から恩賞を受けたために源頼朝にうとまれ、奥州平泉で滅びることになった。……惜福の工夫があったならば、もう少し状況は変わっていたかもしれない」

木曽義仲は、京都一の誉れも高い美人を妻にしています。最高・最大の幸せをつかんだにもかかわらず、源氏に攻め入れられて最後は槍に突かれて死んでしまいます。愛する女性の元を離れることができず、家来が逃げ去ったあと、一人取り残されてしまったのです。

哀れな最期を遂げることになってしまった木曽義仲には、与えられた福を惜しむという工夫がなかったのです。

では、惜福の工夫があったのは誰か。例として挙げているのが、「若いころの秀吉」です。

「秀吉は中国地方を攻め、大きな成功を収めた。だが、自分一人で最後までやってしまわない。中国攻めの最後の総仕上げのところで織田信長に出馬を願っている。中国攻め成功の功績は信長にある、ということにしてしまうのは、まさに惜福の工夫です」

秀吉は、自分の握った幸せを惜しむことに余念がなかった。それが、秀吉の立身出世を呼び起こしたのです。

惜福、つまり福を惜しむ人には必ず幸福の女神がやってくる。けれども、福を全部、独り占めするような男は幸福の女神から嫌われ、運からも見放されてしまうというわけです。

◆「分福」で分かれる平家と源氏

第二の「分福」は、自分にきた福を独り占めにしない、一部は人に分け与えるようにするということです。惜福と重なる部分はありますが、この分福の工夫によって、より大きな福がくることになると露伴はいっています。

節分の日に、「鬼は外、福は内」といって豆を撒く習慣がありますが、私の家では、「鬼は内、福も内」といっています。鬼でも鬼の子、可愛い子もいるのですから、福を分け与えるという心がけです。福だけ内に来てくれといっても、来るわけがありません。

分福の工夫の好例として挙げているのが、平家と源氏の比較対照です。平家はやってきた福を一族で享受しました。平家に非ずんば人に非ず、といいますが、一族内では分福していました。だから、最後の最後まで、平家内部から裏切る者は一人も出なかったのです。一族揃って滅んでいきました。

しかし、分福の範囲が狭かった。平家に福がきたときに源氏にいくらかでも分福していれば、西海で滅ぶことはなかったかもしれない。それでも一族内で分福していただけ、まだましだったともいえるでしょう。

一方の源氏は、「頼朝一人が福を独占して、兄弟にさえも分け与えなかった。だから、一族は殺し合って、あっけなく滅亡してしまった」。これは、頼朝の心の狭さでしょう。福を分けて与えることをしなかった結果なのです。

「また分福は豊臣秀吉の特色で、彼が急速に天下を取ったのはそのためです。しかし晩年になってからは惜福の工夫が消えてしまった。分福も惜福もやりすぎたりすることが多く、英雄もそれで失敗することが多いようです」

渡部教授は、こう続けています。確かに秀吉は天下を取りましたが、晩年には子どもまで刃にかけるという蛮行をし、身を滅ぼしています。

◆「分福」の工夫に欠けた徳川家康

分福について、米長さんは「徳川家康も分福の工夫があったとはいえないでしょう」と聞いています。これに対して、渡部教授は、「家康には惜福の工夫はあった。やってきた運を無駄遣いしなかった。しかし、分福の工夫には少し欠けています。惜福の工夫で徳川三百年の最初の何代かの基礎は揺るがないものになり、長く栄えた」と答えています。

家康には惜福の工夫があったからこそ、長く栄えた基礎を揺るぎないものにしたのです。その代わり、福の一部を人に与えるという分福の工夫はありませんでした。「分福しなかったから徳川直臣の旗本や親藩には大藩はなくて小藩ばかり。弱小のままに取り残された。だから、幕末になっていざというときに外様の攻勢を押しとどめ、踏み止まる力が足りず、維新の中で瓦解《がかい》してしまった」のです。

天下を統一して徳川幕府の基礎を固めた初代将軍であり、優れた才覚の持ち主の家康にもどこかに落ち度があったということでしょう。

「物質的にでも社会的にでも、人があるポジションを獲得したら、それは福というものです。そして人間、ある年齢に達すれば、ほとんどがそれなりにそれぞれの立場を獲得します。その立場なりの分福の工夫を心がけなければ、より大きな福は回ってこないのです」（渡部教授）。

◆「植福」の工夫が社会を豊かに

そして、〝幸福三説〟の三つ目が「植福」です。これは、文字通り「福を植える」

ということです。

「例えば、農家の人が裏山に杉の苗木を植えておく。その杉の木が大きくなる。そのころ自分はすでに老いるか死んでしまうかして、その恩恵を被ることはないだろう。しかし、子孫の役に立つこともあるだろう。そういうことで杉の木を植えておく。これが植福です」（渡部教授）。

人にはそれぞれの立場で、それなりにできる植福があります。米長さんは九段で名人位を獲得した。そういう立場だから、弟子を育てることができる。それは分福であると同時に植福といえるかもしれません。

米長さんは、「裏山に杉を植える話が出ましたが、昔の日本人にはその種の植福の工夫が民族感情といった感じでだれにでも等しくあったのではないでしょうか。庭に柿の木を植えておく。その実を自分は食べることはないが、桃栗三年柿八年で、八年後にはだれかが食べられる。そういう気持ちで植えておく」といっています。

渡部教授はこう答えています。「だから、物質的にはいまよりはるかに貧しかったわけだが、植福の工夫が社会全体に豊かな感じを醸し出していたのかもしれない。以上の惜福、分福、植福が幸田露伴が『努力論』の中で説いている〝幸福三説〟です。この三つの工夫があれば、運がめぐってくる可能性が高いようだ、と露伴はいうわけです」

「露伴の考え方で素晴らしいと思うのは、こうすればこうなるといった短絡的な因果律で運をとらえていないことです。冥々たり茫々たる運命に自分にきた福をあずけておく。そうすれば、幸運の女神に微笑まれることが多くなるようだ、というわけです。……運とはそのようなものだな、と納得できる」

惜福、分福、植福の工夫ができれば、運に恵まれることは確かでしょう。そういう人は運の達人であり、人生の達人です。この三つの工夫はむずかしいことではありません。心がけさえあれば、誰にでもできる。つまり、誰にでも運をつかむ可能性はある、ということなのです。

◆朴の木と宇宙の大気

私たちは、朴庵で「朴の会」を定期的に開いていますが、朴庵には朴の木を一本植えています。会員の方が植えてくださった木で、まだ背丈は小さいものです。これからどんどん大きくなっていくと思います。植福の幸せを与えてくれる朴の木です。

朴の花は、じつに清楚で、びっくりするほど大きく、匂い豊かな花です。どうして花はこんなに美しいのかと、いつも見るたびに感動しています。私は、その朴の木の下で毎朝、寅《とら》の時刻に祈りを続けてきました。

だから、私の祈りをいちばんよく知っているのは朴の木です。そして、この朴の木が私を守ってくれているのだと信じています。

お釈迦様は菩提樹の下で祈り、座り続けられました。イエスキリストは無花果《いちじく》の木の下で、古代ユダヤの予言者エレミヤは巴旦杏《はたんきょう》の木の下で祈りを捧げてきました。

木は大自然の宇宙の大気を持っています。木から宇宙の気をいただくのです。ですから、木を植えることはとても大事なことなのです。

木を植えよう

木を植えよう
それも
朴の木を
植えよう
自分が
この世を去っても

木は大きくなってゆく
特に朴の木は
人のためになる材木となり
ホウ　ホウと
禅林では
修行僧の
魂を練る
声ともなる
わたしが朴の会をこしらえているのも
そういう木だからである
ホウ
ホケキョ
ホケキョウと
鳥でも
鳴くではないか

◆山岡鉄舟の偉業と運

『こころの達人』という書籍があります。書店に立ち寄り、偶然に見つけて購入した本です。東京大学名誉教授の鎌田茂雄という方が書かれた、とてもいい本です。この最後の章では、「坐脱の光芒」というタイトルで山岡鉄舟《てっしゅう》（※編集部注）について取り上げています。

『こころの達人』では、鉄舟の功績について、こう記しています。

「山岡鉄舟の生涯の中でもっとも、彼の真面目《しんめんもく》が発揮されたのは何といっても、西郷隆盛との会見である。それは江戸の無血開城の端緒《たんしょ》を開いた人としてあまりにも有名だからである。一般には勝海舟の業績ということになっているが、事実は山岡鉄舟の成し遂げた偉業である」

「維新の際の幕府と征討軍との交渉は、勝海舟と西郷隆盛との間で行われたようにいわれているが、実際は鉄舟と西郷の間で話がまとまったのである。鉄舟は功は人に譲るという主義であったので、のちに勝がどのように言ったとしても、まったく意に介しなかった。その一点のみをみても、鉄舟がただものでないことが分かる」

前述の「惜福」「分福」の工夫に相通じるものがありますが、鉄舟がただものでないことは、こんな話からも窺えます。鉄舟が西郷との面会を終えて帰路についているときの話です。

鉄舟が馬に乗って品川宿まで来るや、官軍の兵が鉄舟の乗馬の平首に銃をあて鉄舟の胸板めがけて発砲した。鉄舟はとっさにしまったと思ったが、雷管は発火したのに弾丸が出ることなく一命は助かった。

もし弾丸が発射されていたならば、鉄舟はこの世にない。鉄舟はのちにこの事件を回顧して、「そのとき、なぜ弾丸が出なかったのか不思議でならない、真心一つになって、頭の天辺から足の爪先まで一団の赤誠になり切っているときには、弾丸も当たらない」のだといったといいます。

まさに運がよかったということでしょう。その運はどこから生まれてくるのか。著者の鎌田さんは、「不惜身命《ふしゃくしんみょう》の決意と、至誠心《しせいしん》である。まごころをもって西郷と折衝《せっしょう》したからこそ、成果をあげ得たのであり、人間の赤心《せきしん》（まごころ）の発露というほかはない。至誠と赤心をもって衝にあたった結果」と分析しています。

鉄舟は、官軍が雲集している東海道を案内の薩摩藩士とたった二人で駿府にまで行った胆力も備えています。その胆力と至誠心は、剣の鍛錬と禅の修行によって培われたのです。

福を惜しむ、福を分ける、福を植える。こうした生き方が運とのめぐり合いを高め、幸運の女神に愛される極意ではないかと思います。

（平成六年二月六日）

※山岡鉄舟　江戸時代の天保七年、江戸本所大川端通に生まれ、十歳のときに両親と共に飛騨高山に移った。その後、両親が他界したことで五人の弟を連れて江戸に帰り、小野古風の元に身を寄せた。鉄舟が十七歳のときだった。

苦労して幼い弟たちを養育する一方、剣道に精進し、さらに山岡静山に槍術を学んだ。二十歳で山岡家の養子となり、静山の妹英子と結婚。その後、浅利又七郎について剣を学んでいる。

あとがき

坂村真民記念館館長
西澤 孝一

この本に載せられている真民の講話は、坂村真民が平成二年一月七日から平成十六年一月十一日に至る十四年間に、愛媛県の砥部《とべ》町の開花亭という和食レストランに併設して建てられた「朴庵」で、毎月第一日曜日の午前十一時から行った「朴庵例会」の講話を、テープ起こしして、編集したものです。

この「朴庵」というのは、三十坪ほどの小さな「庵」で、真民の講話を聴くために造られた建物です。

それは、この「朴庵例会」の世話人であり、この土地の所有者で、真民のよき理解者であった稲荷喜久夫さんの念願により建てられたものなのです。

砥部町に住む稲荷さんは、日頃から真民と親しく話をする中で、真民から、「実は最近、タンポポ堂に全国から多数のファンが訪れるようになり、詩を書く時間も無くなりそうだ」と聞かされていて、『何とかして真民先生の負担を少しでも軽くしたい、元の平穏な生活を取り戻してあげたい』と思っていたところに、この開花亭建設の話が持ち込まれ、ここに朴庵を建てて毎月真民が講話をする会を設けて、そこへ来れば、誰でも真民の話が聞けて、その後の昼食会では、自由に話すことも出来る、という場を設けて、真民ファンにはタンポポ堂に行くことを慎んでもらい、真民先生の生活のリズムを元に戻すことが出来るのであれば、土地を提供する代わりに、ここに「朴庵」を建てて欲しいと持ち掛け、オーナーもその話に理解を示して、建設されることになったのです。

このようないきさつを経て、開花亭がオープンした翌年から「朴庵例会」が始まり、最初は十人程度で開催されていたのですが、口コミで広がり二十人になり、四十人になり、五十人となって全国から真民ファンが集まるようになります。

そこで、この朴庵では収容できなくなり、隣接している開花亭の別棟を開けてもらい、講話の様子を真民ファンの方がビデオで映して、それを別棟の部屋でテレビで見るということになりまして、最終的には毎回百人程度の人が全国から、毎月第一日曜日に集まるようになりました。

真民も、この「朴庵例会」は、基本的に講演をしないという考え方の唯一の例外として、直接全国のファンの方々に話が出来る場として、また見知らぬ方々と親しく昼食を交えて話をする場として、大変楽しみにしていました。

私も、都合が付けば参加していたのですが、何よりも全国から真民に会いたいという思いで来られる方々の、熱い思いに圧倒されることがしばしばでした。

さて、この本に掲載されている真民の話は、編集者が苦労して、話し言葉を文字にして、あっちへ行ったり、こっちに行ったりする真民の話を、理論的に整理してまとめられていますので、大変分かりやすく読みやすくなっています。実際にこの「朴庵例会」に出席された方が、この本を読まれますと、あの独特な真民の語りが、少しまともに整理されてしまっていると感じられるかもしれません。

しかし、それはまた、あの場でなかなか理解できなかった話の内容が、すっきりと理解できるように整理されて活字となって、いつでも読むことが出来る本になったことのメリットの方が大きいのではないでしょうか。

私も、最初は、あの臨場感と真民のユーモア溢れる語り口が薄れて、（真面目な学者）の話になってしまっているのではないかと危惧しましたが、やはり、講話の内容をテープで聞いただけでは分かりにくい話が多く、こうして活字にしていただいたお陰で、よく理解できる内容になったと感心しています。

真民の頭の中には、これまで読んだ本の内容や、出会った人のことなどが、いっぱい詰まっていて、そこから次々と引き出しながら、その時々の自分の一番関心を持っている話題をテーマとして講話をしているのです。

随筆集としてまとめられる真民の文章は練りに練った散文としては名文ですが、日常の真民の「生の気持ちや感情」がそのまま話し言葉で話されているこの講話集には、「朴庵例会」でしか聞けない話ばかりが詰まっています。

数十名から百名程度の人たちだけが聞いていた貴重な話を、本として読めることにあります。

真民が尊敬した、山本空外先生についての話とか、大宇宙大和楽について熱く語った話とか、本当に「ここだけの話」がいっぱい詰まった本になっていますので、是非とも手に取って読んでみてください。また別の真民の素顔に接することが出来るのではないかと思います。

平成三十年十一月吉日

〈著者略歴〉

坂村真民（さかむら・しんみん）
明治42年熊本県生まれ。昭和6年神宮皇學館（現・皇學館大學）卒業。22歳熊本で小学校教員になる。25歳で朝鮮に渡ると現地で教員を続け、2回目の召集中に終戦を迎える。21年から愛媛県で高校教師を務め、65歳で退職。37年、53歳で月刊個人詩誌『詩国』を創刊。18年97歳で永眠。仏教伝道文化賞、愛媛県功労賞、熊本県近代文化功労者賞受賞。著書に『坂村真民一日一言』『自選 坂村真民詩集』『詩人の颯声を聴く』など多数。講演録CDに『こんにちただいま』がある（いずれも致知出版社）。

坂村真民 魂の講話　願いに生きる

平成三十年十二月十一日第一刷発行

著　者　坂村真民
発行者　藤尾秀昭
発行所　致知出版社
〒150-0001東京都渋谷区神宮前四の二十四の九
TEL（〇三）三七九六―二一一一
印刷・製本　中央精版印刷

落丁・乱丁はお取替え致します。　（検印廃止）

ISBN978-4-8009-1195-7 C0095
ホームページ　https://www.chichi.co.jp
Eメール　books@chichi.co.jp